INK文學叢書003

尋找上海

王安憶◎著

目錄

尋找上海

我曾經在一篇小說的開頭，寫過這樣一句話：「我們從來不會追究我們所生活的地方的歷史。」其實，要追究也很難，這樣的地方與現實連繫得過於緊密，它的性格融合在我們的日常生活裡面，它對於我們太過眞實了，因此，所有的理論性質的概念就都顯得虛無了。我眞的難以描述我所居住的城市，上海，所有的印象都是和雜蕪的個人生活摻和在一起，就這樣，它就幾乎是帶有隱私的意味。

不過，在十多年前，我還意識不到這些，或者說，還沒有碰過壁。在當時的「尋根」熱潮的鼓動下，我雄心勃勃地，也企圖要尋找上海的根。我的那些尋根朋友們騎著自行車沿黃河而下，聽年逾古稀的老人講述村莊的歷史和傳說。還有些尋根者似乎是更早在插隊落戶的時期，就已被民間的習俗吸引，如今再回頭去發掘出其中的涵義。更有的是學習考古的專業，得先天之便利，首先進入了發源的地域。與他們相比，我的尋根，就顯得不夠宏偉。第一，是所溯根源的淺近。當這城市初具雛形的時候，已到了近代，它沒有一點「古」意，而是非常的現世；二，我的尋找缺乏浪漫氣息，我只是坐在圖書館裡閱讀資料，因爲它的短暫，還不及留下遺蹟，即便有遺蹟，也即刻淹沒在新的建設之中。這個誕生於現代資本的聚斂之上的彈丸之地，它的考古層在推土機下，碾得粉碎。我只有閱讀資料。

可我沒有方法。我從一位雜攬掌故、索引、地方誌、圖書館學的老先生那裡開來一張書單。書單上有：《同治上海縣誌》（四本），《民國上海縣誌》（三本），《上海市大觀》，

《上海輪廓》，《上海通志館期刊》（二本），《上海研究資料彙編》（二本），《上海舊話》（二本），《上海閒話》，還有收藏於徐家匯藏書樓的《上海生活》。那是一九八二、八三年，出版業遠還沒有注意到這城市的舊聞舊錄，這些書完全是被遺忘的神情，破舊，紙張黃而脆，少有人翻，因此佈了薄灰，並且又好像都是孤本，其中有一冊被人借閱了，便再沒有第二冊可提供了。閱覽室嚴禁攜帶墨水筆，防止墨水洇染了書頁。所閱書籍閉館前全交到管理員手中，第二日去時再提出來。在這樣專業化的管理之下，坐在這一堆書前面，我卻不知該從何入手。打開每一本書，都覺得不是我要的東西，而我要的東西，則又變得迷茫起來。但我還是硬著頭皮看下去，並且抄寫了一些有趣的東西：建築，古蹟，民情民風和軼聞。可這些東西沒有使我了解這城市，反而將我與它隔遠了。閱讀「志」，也使我如墜雲霧之中，不知如何才能與上海這城市聯繫起來，我的困惑甚至感染周圍的人，他們也對我生出困惑來。有一位老者見我在勤勤懇懇地抄寫上海俚語，就問我是不是在研究上海的方言。他問的都要比我知道的明白得多，我只能羞愧地搖搖頭。對這城市的感性被隔離在故紙堆以外，於是，便徹底地喪失了認識。

有一段關於上海地質形成的概述倒還與我的尋根思想呼應，是這樣寫道的：「在漫長的地質時期，上海曾經歷過多次海陸變遷。約距今一億八千萬年的中生代上三迭紀，上海同蘇南地區都是古老的陸地。七千萬年前的中生代後期，岩漿沿著今松江縣西北部一條東北—西南走向的斷裂線湧出地面，經過風化侵蝕，形成後來人們稱成爲『雲間九峰』的山丘。新生代第四紀以來的二百萬年中，上海地殼總趨勢是脈動式地下降，海水大幅度進退，在不同的海面時期，河口位置不同，形成了相互重疊的古三角洲。冰期過後，冰川融入海洋，海面漸次上升，三角洲的大片陸地復被海水所浸沒。今上海中部偏西，一條西北—東南走向的崗身地帶，是遠古上海的海岸遺蹟。」這一段有些像詩，它給上海增添了史詩的色彩，使這個城市有了一個遠古的神話時期。

現實的日常生活是如此的綿密，甚至是糾纏的，它滲透了我們的感官。感性接納了大量的散漫的細節，使人無法下手去整理、組織、歸納，得出結論，這就是生活得太近的障礙。聽憑外鄉人評論上海，也覺得不對，卻不知不對在哪裡。它對於我們實在是太具體了，具體到有時候只是一種臉型，一種口音，一種氣味。

有一種臉型，它很奇怪地喚起我對某一條街道的回憶。這也是同個人經歷有關的，我在那條街上長大。自從我能夠獨立地出門，就在這條街上走來走去，用我的有限的零用錢，在沿街的小煙紙店裡買些零食。這些零食放在一個個玻璃瓶裡，包成小小的三角包。那些零食，無論是蘿蔔條，還是橄欖，或者桃板，芒果干，一無例外地都沾著甘草，甘草帶著咳嗽藥水的甜味。我實在吃不出有什麼好的，可是我還是要去買來吃。這好像是這條街上的女孩子的生活方式，她們勾肩搭背地，走到街上，買零食吃。很多年以後，我又來到這條街，街的景象已經大變了，可是迎面走來了一個女人。她長著那種鼓鼓的橢圓臉型，眼睛略有些暴突，下眼瞼掛著囊袋，嘴是有些外翻的厚嘴唇。這種臉似乎從來沒有年輕過，但也不會十分地蒼老，它看起來總是中年偏上的樣子。這臉帶著些凶相，不是威嚴，而是凶。這在某種程度上，表明著她的身分。她不是職業婦女，卻也是謀生計的女人。她不是像家庭婦女那麼賢淑的氣質，也不像那些上班的女性，態度鄭重和矜持。她是，怎麼說呢？她是見過世面，但有著偏見，涉足社會，又守著陳規。她最最合適的營生，就是街面上的小煙紙店的女店主。這類小煙紙店，是將自家的街面房子破出牆來開的張。這條街奇怪就奇怪在這裡，豪華的商店間著居民，在商家背後，就連著深長的人口龐雜的弄堂。這些小煙紙店擠在繁華的街市裡，卻一點不顯得寒磣，相反，它們很坦然。店堂後面，往往是店家的灶間，夾了一架木扶梯，可上二樓。二樓很可能只是個閣樓，便是他們的居家。他們常常在店堂裡開飯，這種臉相的女人就端了飯碗來做生意。

這種臉相有時還會呈現在男性身上，就是某一條弄堂口的，出租小書攤的老闆。他很精明地將他的小人書，一本拆成兩本，甚至三本。因爲借回家看要比當場看貴，所以在他的木頭打的書架底下，兩排矮凳上，便坐滿了看書的人，大多是些孩子和年輕的保母奶媽。他的形象還要粗魯一些，帶著些北風，穿著就好象一個拳師的行頭。黑色對襟的褂子，勉襠褲，圓口鞋。他的眼囊還要臃腫一些，嘴唇也更厚，推著平頭，一看就知道出自路邊剃頭挑子之手。他斤斤計較，決不允許你在書架上挑撿過久，要就租，要就不租，要想在挑撿時偷偷看完一本，沒門！收攤的時間一到，他便飛快地從人手裡抽走小書，不管你看完還是沒看完，想再看，要就借回家，要就明天再來。他清點小人書的樣子，就像一個水果販子在清點他的桃子或者梨。他有時甚至會爲了一本借閱過久的小人書追到小孩子的課堂上。他的口音裡帶著魯音，但他決不屬上海那些來自山東的南下幹部，風範大異。說起來，和那開煙紙店的婦女也是大異，可不知道怎麼的，他們就是一路的臉相，一種小私營者的臉相。

另有一種臉相，是較爲勞苦的。這是瘦型的，越人的臉相。眉棱較高，眼窩略深，顴骨突出，嘴唇薄而寬，下唇有些往裡吸，下巴則向前翹，俗話叫作「抄下巴」，它大多是長在老年男性的臉上，帶著焦愁的表情。帶著這樣的臉相和表情，急匆匆走在熙攘的人群裡，上身前傾，雙臂便自然而然地伸向後方。這也是這條街上的一個名人，小學生們刻薄地稱他作「全身運動」，因他走路的姿態頗似廣播體操中「全身運動」的那一節。他總是在街上奔走，爲了不讓人擋道，他就在人行道底下，又正是逆行的方向，於是便在迎面而來的自行車邊上危險地走著。這情景帶著一股憂傷，而這條街，眞的，眞的有著一股憂傷。他操的也是弄口生涯，是一眼老虎灶，正式的名稱爲「熱水站」。老虎灶燒的是煙煤，於是弄口便被薰得漆黑，好像是一個黑洞，弄堂裡的生活也顯得沒有希望了。冬天的季節，暖和的星期天的午後，就有人來喊水，他挑一擔熱水跟了送去。熱水盛在木桶裡，從蓋口和桶縫裡漏了出來，滴滴答答的一路過去。浴室一般是在二樓，甚至三樓，他就擔著水走上樓梯，將水倒進已經擦洗乾淨的白瓷浴盆裡。這種午後，有一種起膩和清爽夾雜在一起的氣息，好像將房間裡的骯髒和隔宿氣都抖落到街上來了。他和他的孫子就睡在老虎灶頂上的擱板上，過街樓的底下，只有半人高，連坐都坐不直。因此便看見那孫子俯在枕上寫作業。他孫子不完全像他，卻很奇怪地與另一條弄堂裡的某個孩子是同一型的。

他同他的爺爺一樣，也是瘦型的臉，卻不如他爺爺的端正，並且個性化。好象在遺傳中受到了一種不幸的影響，他的輪廓有失均衡。臉型是窄長條的，中間部分凹了下去，鼻子則有些大，鼻梁倒是直挺的，全靠了它，整個面相不至於塌下。下巴也是抄的，卻比較長，就有些誇張，加上倒掛眉和抬頭紋，不由地有些滑稽了。又不是叫人愉快的滑稽，而是有些傷感的，就像悲喜劇裡的人物。他是個沙喉嚨，聽起來聲音便蒼老著，更增添了悲喜劇的效果。他在這弄口長大，夏天裡就穿一條短褲，腳下趿一雙木屐，劈哩啪拉在街上奔跑。這條馬路的主人並不如人們以爲的，是那些摩登的男女，其實他才是。還有公用電話間裡喊電話的阿蹺，對面平安里的大頭。阿蹺是社會青年，所謂社會青年就是無業青年，里委照顧在電話間喊電話，由於腳不好，他總要等電話條子積起一疊，再去一家一戶地叫。對方要是有急事，就生生給耽誤了。大頭是個低能兒，頭特別大，他從早就坐在弄口觀看街景。他們都是這條街上明星一樣的人物，誰都認識他們，漸漸地，他們的臉就變成了這條街的標誌一樣的東西。

方才說的，另一條弄堂裡與這老虎灶孫子同一型的那孩子，其實已不是小孩子，應該是個少年。他的手腳都有病，似乎是軟骨症，或者叫佝僂病。他的臉型也是那樣瘦長，疏眉淡目，下巴也很長，卻不是抄下巴，而是地包天。他的聲音與那孫子正相反，又高又尖，像個聒噪的女人。他就是這樣，甩動著畸形的手腳，尖起喉嚨，在弄堂裡追逐著小孩子。他顯然是沒有發育好的少年，這條街爲什麼會有這樣多的沒發育好的孩子？並且，好像都是由他們在撐世面。他們的面相上，帶著疾病、風濕、缺乏紫外線和營養和症狀。

還有一類的臉相，也是這條街上特有的，那均是婦女的臉相。一種比較小的臉架子，顴骨略高，鼻子略尖，皮膚白而薄，繃得很緊。最顯著的特徵是她們的顴骨和鼻尖上，有著小片的紅暈，這使她們看上去像剛哭過似的，有一種哭相。她們大都是穿樸素的藍布衫，身量比較小，頭髮齊齊地順在耳後，手裡拿一只碗，到油醬店買一塊豆腐乳，或者半碗花生醬。由於要走快，背便微微拱了起來。她們似乎是從一種清寡的生活裡走出來的，連勞作也是清寡的。因爲是這樣節約的生活，她們倒也並不顯老，只是面相寡淡。很奇怪的，這樣的面相，可出現在各種身分的婦女臉上：家庭勞作的婦女，還有文具店裡的女營業員，甚至小學校裡的女教員。所不同的是，這些職業婦女的背不是拱的，相反，她們都有著一點挺胸的姿態，同時，她們更突出了這種面相的一種特徵，就是冷淡。她們缺乏笑容，甚至都不是和悅的，使人，尤其使小孩子望而生畏。小孩子去買文具，往往會不敢拿找頭，就轉身回去，然後在大人的押送下前來尋問。這時候，她便會問那孩子，是我不給你，和了是你自己不拿？要孩子給她清白似的。孩子只敢囁嚅著，她就轉過身去不理了。要是在家庭主婦的身上，這面相還比較溫和，但卻突出了可憐。她眼淚潸潸地向鄰人們述說著她早夭的女兒：「小姑娘對我說，我要吃的時候你不給我吃，我吃不下的了，你硬要我吃，我怎麼能不生病？」即便是這樣的慘劇，在她身上演出，也變得淡漠了。也正因爲此，才使她禁受住了打擊。所以當我已經是個成年人以後，再回到這條街上，看見她們走在行人裡面，她們竟一點沒有改變，我一眼認出了她們。生活像水從卵石上流過一樣，從她們身上走過，實在使我吃驚。

那時候，這條街上的臉相是很豐富的，不象現在這樣整齊劃一。並且每一種臉相就附帶著一種特別的行止，這就加強著它的與衆不同。比如，那種窄額下，臉頰從高顴骨向下巴處收攏，嘴有些撮起的男人，一律梳著光滑的分頭，衣著挺刮，皮鞋鋥亮，他的兒子必是叫約翰，或者查理一類的外國名字。那些輪廓有些歐化的女性，通常總是這條街上的「一枝花」。也不知道是由誰來評定的，但這稱號卻被人們認同了。另有一類能與之競相比較的，是稱爲「黑牡丹」的女性的臉。「黑牡丹」的臉型是比較含蓄的豔麗，通常是小巧的鵝蛋臉，面上有笑靨，上眼皮略有些腫，就象戲臺上特意在眼皮上打點胭脂的旦角。這種面相似乎比前邊那種「歐化」的臉型，更容易和一些風化故事聯繫起來，而前種臉型卻是比較單純，也比較堂皇，不像後者那樣，帶著些曖昧的氣息。

後來，我離開了這條街，到了另一個區域，這個區域似乎沒有這樣多種多樣的有特色的臉型。這很可能是因爲，臉型是感性最初攝取的印象，它直接爲視覺接受。而在略爲成年以後，感官發育得更爲深入，便被另一些較爲抽象的事物所吸引。這些事物，往往是含混的，模糊的形骸，邊緣滲入在空氣裡，於是，這裡和那裡，就連成了一片。它們形成了一種叫作氛圍的東西。它們雖然不是物質性的，但它們卻具有著更大的影響力。它們有著一種溶解的性質，將一些有形的溶爲無形。

在最爲靜謐的午後時分，這種稱作氛圍的東西顯得極爲突出。在那種住宅的區域，又不是交通幹道，所以連車輛都是少的。靜謐中，有一輛無軌電車駛過，在街角轉彎。在這樣的靜謐的，窄細的，蜿蜒的，林蔭佈道的馬路上，卻設有兩路無軌電車。它們均是從西到東，貫穿了這個城市的街面。它們將走過許多形形色色的街區，領略各路風光。這時候，它們在這個安謐的街角轉了彎，駛上一條更爲窄細的馬路，簡直是人跡罕至的。梧桐樹葉間閃著陽光，掩隱著一扇扇黑鐵門，門上有著鏤花，可見裡面整齊的房屋。鐵門和鐵門之間的牆，是奶黃色，砂粒面，吃了光，顏色就變厚了。電車好像進入了私人的領地，進到隱密的生活裡面。電流的嗡嗡聲，還有轉彎時的「叮」的一聲，帶來了些外面世界的活躍。但由於這裡的隱密和緣故，這些聲音就好像包了一層膜似的，是隔世的。電車轉過彎，穿過那條更加離世的小街，再轉個彎，就駛上了前面的寬平的大馬路，速度也略微加進了。那叮叮的聲響，也更明快了。這樣的靜，卻決不是寂靜，而是帶著午休的性質，做著些淺夢，半睡半醒中聽見電車「叮」的一聲。這還是入神或者說走神的時分，思緒漫無邊際地遊走。所以這條街就像是罩了一個白日夢，帶著洋洋的笑意和花影。再過些時，學校就傳出了眼保健操的音樂。這音樂在忙碌的上午並不顯，到了下午就不同了。它本來是有些突兀的，但午後的靜謐卻是氤氳的質地，它將突兀的事物的邊緣湮染與柔和了，所以事情就有了鋪墊，一旦來臨，反有著水到渠成的效果。音樂就這樣起來了，行雲流水的旋律之中，間著清脆的叫操的女聲。她的聲音不是將午酣警醒，而是使得有些迷茫和惘然。這城市由於居住的密度，因此在任何一個角落，都可傳到學校的眼保健操的樂聲。它們在同一時刻響起，就像歐洲城市上空的鐘聲。大約是高音喇叭的緣故，眼保健操的樂聲總是來自高處，有一種俯瞰的姿態，在屋頂上流連，飄揚。午後，在此，便悄然結束。

相反，夜晚卻不是那樣靜謐的。它也靜，但靜裡卻帶著沉重，有些揪心揪肺的東西泛了上來，還有些沉渣爛滓泛了上來，它帶著涎水的氣味，夢囈也變得大膽而恐怖。野貓出動了，就像這城市的幽靈似的，從院牆上無聲地疾跑而過。它們往下跳，落地的一下，足爪那麼柔軟地一頓，特別叫人心裡膩歪。那些夜歸的腳步聲，嚓嚓嚓的，攜裹著一股肅殺之氣。

還有敲門聲，也是氣咻咻的。還有一種是忘了帶鑰匙，於是在窗下一迭聲地叫門。靜夜裡的人聲，聽起來竟是悽楚得很。深夜裡，能清晰地聽見隔壁人家「啪」地開了燈，這一聲動靜顯得格外的孤寂，睡眠集聚在一起，擠壓成房間那樣的方格的形狀，就叫人感到窒息了。這麼密實的鼻息，一定是有影響的，夜裡不覺得，到了早晨便有感覺了。早晨的空氣一點都談不上清新，而是充斥著一股被窩裡的味道，陽光浮在含了潮氣的空氣之上，看上去混沌沌的。要到午後才逐漸澄清，變得清亮起來。這個城市的夜晚在逼仄的空間裡，更加壓抑了。樓房擋住了弱的星光，路燈只是小意思，影影幢幢的。人不由自主就蜷曲起來，偎依地擠著。神色都有些呆，做著一些木木的夢。倒是那些下雷暴雨的天，淋漓一些，急驟的雨點帶來了喧嘩。人們相反感到輕鬆，看著窗外的閃電，發出誇張的驚叫。閃電好像擊穿了樓房的層層屏障，所有的玻璃窗都在一剎那間，嘩啦啦地打開了，城市變得通體透明，夜晚便空廓起來。還有在很深的夜裡，不知什麼地方傳來的一聲汽笛，也不知是車還是船在起程。這也感到城市的遼闊，竟有著那樣遙遠的地方，有一些遐思在暗夜下滋生出來。

這城市有一種時刻，特別叫人不安，就是早春裡突然暴熱的幾天。人們還沒從冬天裡脫身，已經嗅到了盛夏的氣味，眞是措手不及。身上背著棉的，熱是熱，又不是正式的熱，就沒有了歸宿。這幾日都是湊合著過的，帶著些觀望的意思，看這天氣怎麼走下去。由於一時沒有結果，心裡就很躁。這幾日裡，樹葉突然就綠了，可你並沒感到多少歡欣，而是有些跟不上變化的沮喪和疲憊。那些年輕的，樂天的，極早換上的夏裝，也加強著他們的灰心。這種孤立的天氣，打亂了循序漸進的節奏，也打斷了承下啓上的季候概念，他們甚至是會感到虛無的。好在，天又即刻變涼了，甚至比暴熱以前更涼，帶著些嚴冬的味道。這樣，他們才安心下來，回到了過去的狀態。氣候多變的季節，城市裡多少有些抑鬱的症狀，消極得很，街上多是些穿著與氣溫不相符的人，帶著抱怨的神色，得過且過的樣子。而春天就在這樣的焦慮和頹唐的情緒中，度過了大半。

黃梅雨裡，那是連怨聲也發不出來了。這城市的房屋和街道，全是疲遝了，棱棱角角軟坍下來，輪廓變得模糊和渾濁。這不是「濕」，而是一種「皮」，「濕」還要凜冽一些。最叫人絕望的是雨停了的時候，太陽從雨雲後頭洇出來，照著水窪。水窪裡發出腐味，人身上全部散發出體味，頭油味，還有衣服陰乾的異味。這股子氣味可眞是憋悶啊！尤其是在曹家渡這類舊區域裡，好天裡都有著陰濕氣，這時候就不談了，空氣簡直成了牛皮糖。嘈雜的市面，全籠在皮罩子裡，嗡嗡的，捏著鼻子說話似的，那些沿街的密密匝匝的木窗瓦頂，滴出的不是水，而是油。小店裡賣的零頭布料，也發散著陰乾的異味，摸上去則發「皮」。人還多呢！這會子，抑鬱症又都好了，都來擠熱鬧了。擠的大多是糕團店，還不夠黏似的。還有些炒貨，這時其實也都皮了，上面的醬油味，奶油味，甘草味，沾在手指縫裡。這時候，一股勃勃的興致起來了，勁頭粗得很呢！要能從遠處看，這個伏在長江邊的城市，正裹在一團浮動不安的水汽裡面，頂上積散著雨雲，陰霾，還有太陽的光和熱。

黃梅雨結束，就直接進了伏天，太陽突然間沙拉拉的，帶了聲響。抑鬱症這會兒是眞好了，看出去的人和物，陡然地刷新了顏色，並且構了墨線。伏天的太陽多麼收燥，黏滯不清的一下子爽利起來。梧桐樹葉在黃梅雨裡養肥了，這時收藏了陽光，再很吝嗇地灑給地面上，或者沿街的窗臺上。所有的聲色都脫了那一層「皮」，變得響亮了，還帶了些金屬的嚓啷啷聲。那屋頂上的瓦，崩脆崩脆的，連人說話的口齒都伶俐了。本來就是齒前音多，這時候更加細和碎，而且清晰，絲絲入耳。不是說，牆面是砂粒的質感嗎！這會兒簡直發出絨頭來了。現在熱是熱了，可熱得很肯定，堂而皇之，酣暢淋漓。氣味都是乾爽和蓬鬆的：蚊蟲香的氣味，西瓜的清甜氣，小兒痱子粉的薄荷味，都是草本的氣味，是這城市最質樸的氣味，是它的體味。不過，這時候的午後就有些昏然了，也得讓它打個盹吧！熱氣從路面、牆面、瓦面湧出，連最最背陰的，有著穿堂風的角落都洋溢著鬆爽的熱氣。空氣裡散佈了一種皮膚輕度灼傷的焦味，雖然是皮肉的氣味，卻也是乾燥爽利的。

這街角依然是靜。由於空氣中的水分蒸發了，天空就突然空曠起來。於是電車的電流聲，以及轉彎的「叮」一聲，便散發了。有些捉不住，不如以往那麼集中和警醒。而與此同時，許多平時聽不見的雜聲，這時倒都發出了響。這響不是在齊耳的地方，而是在頭頂上方，還要高遠一些。營營嗡嗡的。我爲什麼偏撿這街角來說，是因爲換了熱鬧的市面，你會以爲我指的是市聲。不是市聲，而是氣流從物體身上摩擦而產生的聲音。這城市的物體質地比較堅硬，而且有棱有角，最不吃聲了。小小一點動靜，反射來反射去，便有了響。所以，在這大夏天，這熱氣就有著一股轟然的聲勢。隨了太陽西移，熱氣偃了下去，汗氣就起來了。這是漉濕了草席和籐椅，再揩淨晾乾的汗氣，夾了乾草的皮肉的氣味，有一點狎昵氣，但不是太不爽的。認眞地追究，什麼氣味其實都是人氣，有時是捂著，有時是蒸騰出來。

初秋是性情最平和的時節，一切都有些像萬劫有復地回轉過來了。牆上的砂面收了絨頭，樹影變得纖細，疏落有致。電車轉彎的那一聲「叮」復又入耳，學校裡眼保健操的音樂適時地響起。這時的光和影是最爲協調的，邊緣清晰而柔和。這城市的物體本來是擁擠的，多少有些雜亂，此時倒都成了受光體，影調反變得豐富了。這時候，即便是那最嘈雜的鬧市，也神定氣閑的了。這城市的性子是躁的，可也爽氣，說過去就過去。它內裡含著一股疾疾的動力，沖過多少關隘，終於達到平衡。然後再疾疾地傾斜過去。它所以這樣躁動不安，是因爲它有欲望。要談到它的欲望，你就明白了，它就不能消停了聲色，就連那個街角，沒什麼大動作，欲望也要從電車的「叮」一聲裡露一露頭。這時它是平衡的，鬆弛的階段，帶有些養性的意思。使勁嗅一嗅，空氣裡有一股單薄的煙味。這是最清爽的人氣了，不出汗，不受煎熬。可是緊接著，凜冽的季節到了，一切又肅殺起來。樹葉落了一批，又落了一批，樹枝禿了，露出房屋的牆面，就有些慘澹了。這是一些酷烈的景象，但也不要緊，只要去聽，好天氣裡，最肅殺的角落，都響著藤拍打在厚棉被上的「唱唱」聲，鼓起的一蓬蓬灰，都是飽滿的人氣。這也稱得上是轟轟烈烈的。午後呢？那電車「行行」地開過街角，響的是「叮叮」的兩聲。還有，這乾燥的冬日裡，火燭難免不小心，於是，救火會便時常緊急地派出救火車，一路呼嘯而去。還有警車，俗稱「強盜車」的，在冬天行人稀少的夜裡，也顯得格外喧囂。一聽到它們的聲音，人們就豎起了耳朵，想什麼地方發生了危險的事情？這城市就是這麼一激靈，一激靈。

好了，現在上海已成了新話題，當時在圖書館，藏書樓，辛苦看到的舊書，如今大批量地印刷發行，用最好的銅版紙做封面。可在那裡面，看見的是時尙，也不是上海。再回過頭來，又發現上海也不在這城市裡。街面上不再有那樣豐富的有表情的臉相，它變得單一。而且，過於光鮮，有一些粗糙的毛邊，裁齊了，一些雜蕪的枝節，修平了。而這些毛邊和枝節，卻是最先觸及我們的感官的東西。於是，再要尋找上海，就只能到概念裡去找了。連語音都變了，一些微妙的發音消失了，上海話漸漸向北京話靠攏，變得可以注音了。那些後顎上方，舌齒之間的音節，刪剪了之後，語音就變得生硬而且突兀，並且，困難於表達。總之，上海變得不那麼肉感了，新型建築材料爲它築起了一個殼，隔離了感官。這層殼呢？又不那麼貼，老覺得有些虛空。可能也是離得太近的緣故，又是處於激變中，映像就都模糊了，只在視野裡留下一些恍惚的光影。倒是在某些不相干的時間和地點，不期然地，卻看見了它的面目。那還是一九八七年，在香港，有一晚，在九龍的麗晶酒店閑坐，正對著香港島，香港島的燈光明亮地鑲嵌在漆黑的海天之間。這眞是海上奇觀，蠻荒之中的似錦繁華，是文明的傳奇。於是，陡然間想起了上海，那幾句詩句又湧現在眼前：……約距今一億八千萬年的中生代上迭紀，上海同蘇南地區都是古老的陸地……海水大幅度進退，在不同的海面時期，河口位置不同，形成了相互重疊的古三角洲……冰川融入海洋，海面漸次上升，三角洲的大片陸地復被海水所浸沒……

這畫面何等壯麗，上海原來是這樣冉冉升出海面，雲霧散盡，視線走近，走近，走了進去，被瑣細的筆觸掩埋，視線終於模糊了。

兒童玩具

從小，我就是個動作笨拙的孩子。兒童樂園裡的各項器械，我都難以勝任。秋千盪不起來，水車也踩不起來；蹺蹺板，一定要對方是個老手，借他的力才可一起一落；滑梯呢，對我又總是危險的，弄不好就會來個倒栽蔥。而且，我很快就超過了兒童樂園所規定的身高，不再允許在器械上玩耍。所以，我記憶中，樂園裡的遊戲總是沒我的分。但是，不要緊，我有我的樂子，那就是兒童樂園裡的沙坑。

那時候，每個兒童樂園裡，除了必備的器械以外，都設有幾個大沙坑，圍滿玩沙子的孩子們。去公園的孩子，大都備有一副玩沙子的工具：一個小鉛桶和一把小鐵鏟。沙坑裡的沙子都是經過篩選的，黃黃的，細細的，並且一粒一粒很均勻。它在我們的小手裡，可變成我們想要的任何東西。它可以是小姑娘過家家的碗盞裡的美餐，它可以是男孩子們的戰壕和城堡。最無想像力的孩子，至少也可以堆積一座小山包，山頭上插一根掃帚苗作旗幟；或者反過來，挖一個大坑，中間蓄上水作一個湖泊。或者，它什麼也不作，只是從手心和手指縫裡淌過去，手像魚一樣遊動在其中，細膩、鬆軟、流暢地摩擦。

不知道是從什麼時候開始，兒童樂園裡的沙坑漸漸荒涼，它們積起了塵土，原先的金黃色變成了灰白。然後，它們又被踩平踏實，成了一個乾涸的土坑。最後，乾脆連同兒童樂園一同消失了，取而代之的是大型或者小型的遊樂場。過山車，大轉盤，宇宙飛船，名目各異，玩法一律是坐上去，固定好，然後飛轉，疾駛，發出陣陣尖叫聲，便完了。

那時候，南京路與黃河路交接的路口上，有一幢三層高的玩具大樓，是星期天裡父母經常帶我們光顧的地方。印象中，整個三樓都是娃娃櫃檯，各式衣裙的娃娃排列在玻璃櫥裡，看上去眞是五彩繽紛。這時候的娃娃樣式基本一致，陶土製的臉和四肢，塗著鮮艷的肉色，輪廓和眉眼都很俊俏，身體是塞了木屑的布袋製成的。頭戴荷葉邊的花帽子，身著連衣裙。彼此間的區別主要是形狀的大小、衣裙的樣式顏色以及華麗的程度。其時，還沒有塑料，娃娃的形象多少有些呆板，衣裙是縫在身上的，不能脫卸，可這卻一點不妨礙我們對它們的信賴，信賴它們的眞實性。每個女孩子似乎都至少要有一個娃娃，它是我們的忠實的朋友和玩伴。

當時有一種賽璐璐的娃娃，造型很寫實，形狀幾乎和一個眞實的嬰兒一般大，裸著身體，可給它穿自製的衣服、鞋襪。可是我的父親一直記得，他小時候在南洋時，看見過一個女孩子將賽璐璐娃娃繫在背上，學習那些勞作的閩南婦女的模樣，一個調皮的男孩惡作劇地用火柴點著了娃娃，結果是女孩和娃娃同歸於盡，葬身火海。因而，我們對賽璐璐娃娃始終懷著恐懼的心情。再加它通體都是一種透明的肉色，眉眼只有輪廓，卻不著色，就好像是一個胚胎，這也叫人心生恐懼，所以，我們從來也沒有嚮往過這種娃娃。

後來，我和姐姐得到過一對麗人娃娃，一男一女。他們的形象非常逼眞，女孩梳了髮辮，不是畫在頭顱上的，而是眞正的毛髮編織而成，打著蝴蝶結。在他們比例合格的身體上，穿著綢緞的中式衣褲，衣襟上打著纖巧的盤紐，還有精緻的滾邊。尤其是足上的一雙鞋，是正經納了底，上了幫，鞋口也滾了邊，裡面是一雙細白紗襪。它們雖是娃娃，看上去卻似乎比我們更年長，它們更像是舞台上的一對供觀賞的演員，不怎麼適合作玩伴的。在最初的驚喜過去之後，它們便被我們打入了冷宮。我們玩得最持久的是一個漆皮娃娃，是我姐姐生日時得到的。許多娃娃都不記得了，唯獨這個，記憶深刻。它穿著大紅的連衣褲和帽子，衣褲帽子全都是畫上去的。它的頭很大，肚子也很大，額頭和臉頰鼓鼓的。它要比一般娃娃都要肥碩一些，也不像一般娃娃那麼脂粉氣重，它有些憨，還有些愣，總之，它頗像一個眞正的小孩。抱在懷裡，滿滿的一抱。我姐姐整天抱著它，像個小媽媽似的，給它裹著各種衣被。後來，我姐姐生了個男孩，我總覺得這個男孩與那個漆皮娃娃非常相似，也是大腦袋，額頭臉頰鼓鼓的。

這時節，電動玩具出場了。我以爲，電動玩具是兒童玩具走上末路的開始，它將玩耍的一應過程都替代，或者說剝奪了。我最先得到的電動玩具是一輛小汽車，裝上兩節電池，便可行駛，並且鳴響喇叭。它和眞的汽車一樣有著車燈，向前行駛亮前燈，一旦遇障礙物倒退，則亮尾燈。它還會自動轉彎，左邊遇障礙物朝右轉，右邊遇則朝左轉。它當然是稀罕的，是我向小伙伴炫耀的寶貝。但內心裡，我對它並沒有興趣，我寧可玩我原先的一輛木頭卡車。它的樣子笨笨的，可是非常結實。它有著四個大木輪子，車斗也很寬大。我和姐姐各有一輛，她是紅的，我是綠的。我以爲，父母實際上在心裡準備我是一個男孩，所以總是分配給姐姐紅的，而我是綠的。在裝束上，姐姐留長髮，我則是短髮。這輛卡車沒有任何機械裝置，我就在車頭上拴一根繩子，拖著走。車斗裡坐了我的娃娃，以及它的被子、碗盞，還有一些供我自己享用的糖果餅干，然後，就可上外婆家了。

那種機械裝置的玩具，其實也是單調的。有一次，爸爸帶我去方才說的那家玩具大樓買玩具。他爲我買了一個蓮花裡的芭蕾舞女，就是說，一朵合攏的蓮花苞，一推手柄，蓮花便旋轉著盛開了，裡面是一個立著足尖跳舞的女演員。還買了一個翻觔斗的猴子。我爸爸給我們買玩具，不如說是給他自己買玩具，是出於他的喜好。曾有一次，他給我買了一只會喝水的小鴨子。這鴨子身上有一個循環的裝置，可不停地低頭喝水，水呢，從嘴裡進去，再流入杯中，永遠喝個沒完。他大感驚訝，贊歎不已，立即又去買了一只，讓它們面對面立著，一個起一個落地從一個冰淇淋杯中汲水喝。而我看不多久便覺索然，它們喝得再棒我也插不進手去，終是個旁觀者。這一天的情形也大致相同。買了玩具，我們又去對面的著名粵菜館新亞飯店吃飯。一邊等著上菜，一邊我就迫不及待打開紙盒，坐在火車座旁的地板上玩了起來。那猴子劈裡啪啦地翻著觔斗，從這頭翻到那頭，掄著圓場。沒等一圈發條走完，我已經膩了，走了開去，剩下爸爸和飯店裡跑堂的，背著手饒有興趣地欣賞著。

這時節，玩具做得越發精緻了。記得有一套小家具，全是木製的，大櫥就像火柴盒大小，櫥門可關闔，五斗櫥的抽屜均可推拉，每一關節，都細緻地打著榫頭，嚴絲密縫。還有一副小餐具，其中一把筷子竟是眞正的漆筷，頭和梢是橘紅色的，中間則是黑底盤絲花。但這些說是玩具，更像是工藝品。看起來很好，卻沒有什麼玩頭，你能拿它作什麼？

許多好玩的玩具都是簡單的，比如積木，是我永遠玩不膩的。還有遊戲棒，它也有著奇異的吸引力。從錯綜交疊的遊戲棒中，單獨抽出一根，不能觸動其他，無疑是個挑戰。要求你鎭靜、穩定、靈巧，並且要有準確的判斷力，判斷哪一根遊戲棒雖然處境複雜，其實卻是互不干擾的一根，或者正相反，某一根看上去與周遭不怎麼相干，其實卻是唇齒相依，一枝動百枝搖。還有萬花筒，它隨著手的輕輕轉動變幻出無窮無盡、永不重複的圖案，這一刻無法預測下一刻。從一個小眼裡望進去的，竟是那樣一個絢麗的世界。後來，萬花筒裡的碎玻璃被塑料片取代了，這世界便大大遜色，不再有那麼金碧輝煌的亮色。塑料片不僅沒有碎玻璃的晶瑩，也沒有碎玻璃的多棱面，那種交相輝映的燦爛便消失殆盡。塑料工業的誕生其實是極大地損傷了兒童玩具，它似乎有著模仿一切的性能，事實上，卻是以歪曲本質爲代價的。萬花筒就是一個明證。

上小學的時候，我們曾經在一家街道工廠進行課外勞動。這家廠就是生產塑料娃娃，從模子裡壓出的各色娃娃盛在紙箱裡，一大箱一大箱的，工廠又是在一個通風不良的閣樓上，於是，便壅塞著塑料的古怪的甜腥氣。一個有腿疾的男工，邁著不能合攏的八字狀的雙腿，吃力地搬動著這些紙箱。整個情景都令人沮喪，並且心生抑鬱。

就像方才說的，父母無意中分配我和姐姐擔任不同的角色，姐姐一定是女孩無疑，他們特別縱容她的女孩子的特性，他們給她買珠子。這些珠子實在美麗極了，形狀顏色各異，分門別類地安放在一個大玻璃盒裡。當然，除了這樣昂貴的珠子外，還有許多散裝的珠子，廉價一些的，但也同樣多姿多色。時常也帶她去挑選一些，擴充她的珠子的庫存。她拿根針，引根線，將珠子穿成各種飾物。而爸爸媽媽似乎從來不以爲我也是需要珠子的，我只能蹭著玩一點，暗中滿足一下自己被忽略的需要。父母分配給我的愛好是一套建築積木，是一整座中蘇友好大廈，也就是現在的上海展覽館的模型，全由白木做成。記得定價是十五元，這在當時稱得上是天價。事實上，這套建築積木從來沒有屬於過我，它一直陳列在淮海路，我家附近的一間文具店裡。實在說，它已不僅僅是一副玩具了，而是近似於船模航模一類的，訓練性質的模具。母親許諾我，倘若我能考上市重點中學——上海中學，便送給我。可是，沒等到考中學，「文化大革命」就開始了，學校停課。這套模具不知什麼時候收起了，反正我再也沒有看見它了。

至於南京路黃河路口的那座玩具大樓，「文化大革命」中我和媽媽還去過一回，它已經成了一家百貨性質的商店，但還保留有相當面積的玩具櫃檯，櫃檯裡其實也蕭條得很了。還記得有三尊娃娃，分別是樣板戲《紅燈記》裡的李奶奶、李玉和、李鐵梅。媽媽被李玉和逗樂了，說了聲：「這個小幹部！」現在，這已經變成了一家工藝品商店。所謂的工藝品就是一些機繡的桌布手絹，粗製的玻璃器皿，以及民族服飾等等。

我們還曾經有過一樣特別有趣的玩具，那是一架投影幻燈機，是我們的三舅舅送給我們的。三舅舅是個對生活很有興致的人，他經常別出心裁地製作一些小玩意。那時候，一般家庭都沒有冰箱，到了盛夏，剩菜很不容易保存。他就用幾個餅干箱的鐵皮圓蓋，鑽三個眼，一節一節地串起來，每一層可放一碗菜，然後掛在風口。他還喜歡拍照，拍過之後，再將照相機鏡頭取下來，臨時製作一架放大機，擴印照片。這一回，他送我們的投影幻燈機也是自己製作的，幻燈片是從什麼地方淘來的電影廠的廢膠片。他很耐心地將這些廢膠片挑選出來，按著電影的名目分別組合，並且盡可能根據電影情節的順序，製成一條條的幻燈卡。其中有越劇《紅樓夢》、《追魚》，張瑞芳主演的《萬紫千紅》，等等。此時，將臨「文化大革命」，市面上已經沒多少電影可看，所以，這台幻燈機使我們不僅在孩子裡，也在大人中間大出風頭。我們常常在家中開映，電燈一關，人們立刻噤聲，電影就開場了。這台幻燈機伴隨了我們很多時間，在「文化大革命」中的那些寂寞的日子裡，沒有娛樂可言，我們就看幻燈片。那時候，我們的玩伴中有三姐妹，是上海電影製片廠的一位著名編劇的孩子，她們家歷經數次抄家，竟還遺留下一些《大衆電影》畫報。那些天，我們就是這樣，拉上窗帘，躲在幽暗的房間裡，看著電影畫報和牆上映出的幻燈投影，討論著舊電影中的細節和男女明星，漸漸地結束了我們的兒童時代。

那年我們十二歲

是一九六六年的冬季，「革命」的狂飆已走過上海的馬路進入到城市的心臟——各級政府機關大樓。六月裡掃「四舊」的熱潮如同隔世般遙遠，回想那摩登男女提著剪斷的尖頭皮鞋赤腳在街道上疾走的情景，令人有一種莫名的心悸的快意。這時候，上海的馬路格外平靜，革命的深入留給我們一個平淡的表面。

那年我們十二歲，正上小學五年級，革命沒我們的事，我們只能在街頭走來走去，看革命的熱鬧。我們奔跑著搶奪傳單，妄圖引起散發傳單的紅衛兵的注意；我們跟在紅衛兵的遊行隊伍後面，怎麼趕也趕不走；我們學會了許多造反的歌曲和口號。而這時，革命走過了街頭，撇下我們這些熱情的觀潮者，我們走在上海淒清的馬路上，街燈一盞一盞地亮了。我們都正在長身體的年齡，衣服有些嫌小，吊在身上。我們看上去孩子不像孩子，少女不像少女，又幼稚，又矜持，有一副古怪的難看樣子。這時，在我們前面走著兩個女人。她們的短髮和藍布罩衫，帶有經過革命掃蕩之後的摩登的殘跡，她們中的一個，褲腿尤其觸人眼目，令人起疑。我們走在她們後面，許久，交換眼色道：你們看，她的褲腿！她的褲腿顯然不到標準的六寸。我們沉默下來，一股激動緊張的情緒攫住了我們。我們無意識地跟著她們，走過了一條馬路。這時候，有一個衝動正在我們心中生出，並且迅速醞釀，變得不可抑制，這是個什麼衝動呢?它似乎是一種想去觸犯什麼不可觸犯的東西的要求。像我們這樣的規矩的小學生，從來沒有機會去觸犯什麼，現在有了一個機會。我們想：這人的褲腿不到六寸，而紅衛兵們都不在街上了。我們心跳得很快，一步不捨地緊跟在她們後面。我們似乎面臨了一個選擇，選擇的時機轉瞬即逝。當我們走過一面櫥窗，櫥窗裡的燈光照耀著我們，使人目眩，我們一步竄上前去，對那女人說：「同志，等一等！」她們愕然地轉過臉來，看著我們。我們牙齒打著顫，臉色蒼白，我們避開她們的眼睛，說：你的褲腿。四下裡忽地湧來了人群，包圍了我們。本來行人稀少的黃昏的馬路，頓時變得熙熙攘攘。人們互相問著：怎麼了？怎麼了？那瘦褲腿的女人倚在她的同伴身上，軟弱地說：怎麼了？我們渾身顫慄，手腿發軟地說：你的褲腿。有一種大禍臨頭的感覺籠罩著我們。我們中間那個比較勇敢的帶頭走進旁邊的商店，向一個店員說：借你的皮尺用用。店堂裡剎那間擠滿了人，我們用顫抖的手去量她的褲腿，果然不到六寸。那女人倒在一張椅子上，用惶恐的眼睛望著我們，等待我們的處罰，而我們不知道接下來應該做什麼，停頓了一會才說：「你自己回去想想吧！」也許就是在這一瞬間，我們被她們窺破了虛實。她的同伴接過皮尺重新量了一量，說：明明是六寸嘛！她還量給我們看。我們的惶恐與窘迫是無法形容的，我們中間最軟弱的一個退縮在角落裡，一聲不出。她們越發看出了我們的虛弱，便越發厲害，指著我的褲腿說：「你的才真正不到六寸呢！」我穿的是一條童裝背帶褲，兩側鑲有紅邊，短短地吊在腳踝上。那女人躺在她的同伴身上，悲憤地說：「這麼多的人都圍過來了，多麼難看啊！」店員們便用溫和的言語安慰她，說：「算了！算了！」我們從水洩不通的人群裡擠了出去，天已經完全黑了，朝這裡湧來的人群不斷。上海這個城市，在任何年頭，看熱鬧的勁頭總是不減。我們互相間不說一句話，也不看一眼，匆匆分手，往自己家去了。

我們過後很長時間沒有碰面，碰面會使我們想起這事，這使我們難堪。我們本想去觸犯別人，別人的尊嚴就好像是一種權威，那是一個要使所有權威掃地的年代。不料，卻使我們自己受了傷，而我們正是那種受不起傷的年齡，將什麼樣的受傷都要無意地誇大。這就是一九六六年的「街頭革命」留給我們的最後的場景。

死生契闊，與子相悅

在我睜開眼睛看這城市的時候，這城市正處於一個交替的時節。一些舊篇章行將結束，另一些新篇章則將起首。這雖是一個戲劇性的時節，可由於年幼無知，也由於沒有根基，是領會不到其中過節之處的微妙，不免粗心地略過了許多情節。只有當劇情直指核心處，也就是說到了高潮的時分，才回過頭去，追究原委。而一旦回頭，卻發現早已經事過境遷，人物兩非，那原那委就不知該往哪裡去尋了。城市的生活又帶有相當程度的隱秘性，因都是些不相識不相知的人，聚集在一起，誰也信不過誰，懷著防範心，生怕被窺見了根底，就更看不清了。其實，有誰能一帆風順地來到這地場呢？這地場多少帶有些搏擊場、生死場的意思，來到這裡，誰都帶著幾分爭取的任務，有著幾分不甘心。所以就攢下了閱歷，也就是我們常說的故事。等我們趕來這城市了，這故事差不多已經收場，只剩下一些尾聲，蛛絲馬跡的。

說是交替的時節，舊篇章和新篇章，是因爲這兩種故事的完全不相同。它們看上去幾乎毫不相干，除了時間上的連續性，情節、細節、人物都是中斷的，終止以後再另起。它們呈現出孤立發展的趨向。或許所謂歷史的轉折就是這樣，帶有激變的形態。所以，當我睜開眼睛，這城市的人和事撲面而來，都是第一幕的性質。序幕呢，也已經在半知半覺中過去了，現在開始的是正劇。

時間大約是五十年代末至六十年代初的光景。我家所在的弄堂前面，這個城市中著名的街道：淮海中路，梧桐樹冠覆頂，尤其在夏天，濃蔭遍地。一些細碎的陽光從葉間均勻地遺漏下來，落到一半便化作了滿地的蟬鳴。我家弄堂口是一條街心花園，人們都叫它做小花園。花園後頭是一排紅磚樓房。樣式是洋房，又不完全西式，在樓房的背面，連接有類似內地四合院格式的內天井，環著一周矮樓，頂上覆黑瓦，開有後門。前門的門廳十分闊大，座在高台階上，說是底層，其實已是半層上了。我就讀的小學校舍就分散在這排民居之中。其時，有許多小學校都是這樣，和民居間雜在一起。但在我印象中，這排樓房裡的居民都是深居簡出，我們很少看見他們的身影。他們的日常生活緊閉在一扇扇闊大而厚重的門扉後頭，莫測高深。以我們那種自我中心的心理來看，這些人的生活只是我們轟轟烈烈的小學生的附屬，是談不上有什麼意義的。這些木質沉重的門窗，隔音良好的牆壁，幽暗的走廊，頂樓，牆角，以及寂靜無聲，使他們很像一種幽居的動物：鼴鼠。我始終沒有走近過那裡生活的任何人。其實，這是和所有這城市的居民們一樣的生活，可因爲隔膜，他們就留給了我暗淡和沒落的印象。我想，這個印象的名字叫做遺民。這種印象還在其他一些時間和地點產生過，比如，在「文化革命」開始後的一九六九年。

這一年，我們本來是下鄉參加三秋勞動，卻因林彪的一級戰備命令滯留鄉間，一直到了這年的深秋。我在學校宣傳隊拉手風琴，因想家情緒低落，老師便派了我一個差，回上海修理手風琴。獨自一人回家，路途顯得有些艱巨，要經歷多次轉車轉船，可我就像得了救似地上了路。到家已是傍晚，家中只有老保母和弟弟。父母都在「五七幹校」，姐姐在安徽插隊，境況是有些淒涼，而我卻安了心，多日的抑鬱消解了許多。吃過晚飯，我便出門去給同學家裡送信。因爲劃地段進的中學，所以我的同學們都是沿這條淮海路居住。我是自下鄉以後第一個回上海的，就有許多同學託我捎信，包括一些平時並不親密的同學。在這一個夜晚，我敲開了淮海路街面或弄堂裡的許多門扇，這是我以前從未涉足過的地方。

其時，馬路變得十分冷清。霓虹燈是早沒了，櫥窗也暗了燈光，只剩一些路燈，照射著行人寥寥的街面。是因爲戰備疏散了一些人，還因爲沒有心境，人和車都很少。沿街的窗戶，貼了米字條，說是爲防空襲的措施，這樣的話，窗玻璃不至因爲破碎而四濺開來，也不會發出裂響。這城市眞是顯得荒涼了，再加上秋風瑟瑟，梧桐落葉一卷卷地掃著地面。相比較而言，那聚集了我們班級和宣傳隊的老師同學的鄉間，倒顯得人氣旺盛，頗勾人想念。但心情是平靜的，我走在街上，才不過七點，就已經是夜深人靜的樣子。我挨家敲著門。這些門都不很容易敲開，半天才有人應聲，半掩著人影，問我從哪裡來，做什麼。他們大都只讓我送進信去，然後就關上門。我只得走開，去下一家同學家。有一些地址是不那麼好尋的，號碼是跳開的，待到找見，卻發現是一個店鋪，已經打烊。再繞去後門，則又迷失了號碼。當我又一次兜進兜出地找著號碼，結果是無望地乾脆大叫起這同學的父母的名字。頭頂上忽傳來一陣子清脆可喜的小姑娘的聲音，七嘴八舌問道是什麼人找。抬頭一看，是一個木陽臺，面臨著這一條窄小的橫馬路，也沒有燈。陽臺上擠著幾個小姑娘，是比我們更小的一伙，大約剛上小學不久，其中有我同學的妹妹。雖然看不清她們眉眼，但她們靈巧活潑的身影依稀可見。她們是這個宵禁似的暗夜裡，惟有的一點活躍，也是我這一夜的沿街尋找的惟有的一點光明。她們還很快活，輕鬆，無憂無慮，不像我們，已經初嘗人世。

離開她們，再去下一家。那是在一幢大樓裡。樓道沒有一點光，黑得可怕。我扶著牆壁上了樓，摸到了這家的門。門，應聲而開，伸出一張臉。因是背光，臉是模糊的，但輪廓是一個老婦。她聽我說是她女兒的同學，立即讓我進了門。這是一個狹小卻完整的套間，我們所在的是一個呈等邊三角形的門廳，倚牆放一張舊方桌，一面牆上是我方才進來的門，另一面牆上也是一扇門，門的上方鑲了兩塊毛玻璃，透出燈光，好像裡面有人，卻始終未見走出。廳裡還有一個老婦，是她家的親友？她們一同把我讓到桌邊坐下，然後同我說話。她們不知爲什麼一律都把聲音壓得很低，還向我湊得很近。這樣，她們的臉就在我眼睛裡放得很大，並且走形，就有些類似銅勺凸起的一面上映出的人臉，兩頭尖，中間鼓。她們說的多是她家女兒的身體狀況，如何不適宜在鄉間生活。因這時節流傳著謠言，說我們這一批中學生再不會回城，很快就要遷走戶口。她們的樣子看起來有些可怖，那一扇亮著燈光的玻璃門也有些可怖。再有，房間裡壅塞著一種氣呼，像是洇透了煙火油醬的木器的氣味，來自我身倚的木桌，另一邊的碗櫥，還有櫥隔檔裡的砧板什麼的。溫熱的，熟膩的，也叫人喪氣。我心跳著，盼著早點走出這套間。可她們將身子傾向我，說個沒完。她們看上去非常渴望與我交談。她們的口腔和身上、髮上，也散發著那種煙火、油醬與木器混合的氣味。那扇玻璃門後頭的燈光一直照耀著，卻沒有一點動靜。這間套間也給我鼴鼠的巢穴的印象，裡面居住著舊朝代的遺民。他們的生活沒有希望可言。儘管，其時，我們苦悶，前途莫測，可我們有希望。

就是這樣，我們覺得，只有我們的生活是光明的。在我們快樂的小學生活之外，都是些離群索居的人們，他們的歷史，已經隱入晦暗之中。

直對著我家弄堂口，是叫做思南路的小街。街身細長。於是，兩邊的梧桐樹就連接得更緊了，樹蔭更濃密，蟬鳴也更稠厚了。這是一條幽靜的馬路，兩邊少有店鋪，多是住宅，有一些精緻的洋房，街面看上去比較清潔，和繁鬧的淮海路形成對照。它是比較摩登的，也比較明朗，可它依然是離群索居。它的摩登帶著沒落的寂寞表情。這是我家弄堂前的淮海路上特有的情景，所有的摩登一應都帶有落後的腐朽的徵兆。這是一種亮麗的腐朽徵兆，它顯得既新又舊。這些亮麗的男女，走過淮海路，似乎是去趕赴上個世紀的約。他們穿著很「飛」，這是人們對摩登的俗稱，還是對頹廢的俗稱。他們出入的場所均是昂貴的，華麗的，風雅的，比如西餐社。弄前的淮海路上有著一些著名的西餐社，「寶大」，「復興園」。復興園在夏季有露天餐廳，在後門外的一片空地上，桌上點著蠟燭。記不得有什麼花木了，但從街前映過來的夜燈卻有旖旎的效果。它有一道菜，名叫蝦仁杯，杯中的蝦仁色拉吃完後，那杯子也可入口，香而且脆。那時的色拉盤就像奶油蛋糕樣，可應顧客要求，在上面用沙司裱出「生日快樂」等慶祝的字樣。「老大昌」是西點店，樓下賣蛋糕、麵包，樓上是堂座，有紅茶咖啡、芝士焗麵。在六〇年的困難時期，這城市裡的西餐社前所未有的生意興隆，下午四時許，門廳裡就坐滿了排隊等座的顧客。雖然糧票是有限制的，但餐館用餐則憑另一種，叫做就餐券的，專門購買糕餅的票證。而在那年頭，許多貧困的家庭均是將就餐券放棄的。所以，它表示著糧食，卻並不緊張。西餐社裡排隊等座的總是一些富裕而有閒的人們，那樣的摩登男女就在其中。他們穿扮得很講究，頭上抹著髮蠟，皮鞋鋥亮，褲縫筆直，女的化著鮮艷的晚妝，風度優雅。可這決不妨礙他們坐在西餐社的門廳裡，耐心地等待著此一輪餐桌空出來，然後坐上彼一輪的，大快朵頤。有時候，餐桌實在周轉不過來，不得不和完全陌生的人們拼桌。彼此的湯菜幾乎混在一起，稍不留心就會伸錯刀叉。倘若正好都在低頭喝湯，不知情的人會以爲，這是一個親密的大家庭在融洽地進餐。而他們並不在意，毫不影響他們的食慾。好在，在此時進入西餐社的，大抵是一些相同階層的人，經濟水準也旗鼓相當。而我們雖然是新來這城市的居民，但因爲父母是解放軍南下的幹部，父親雖已貶職，但兩人的薪水還比較可觀。再加上少子女，沒負擔，這使我們生活優裕。母親有時候會對我嘲笑那些小姐們的吃相，她們帶著文雅的敷衍的神情，然後冷不防地，張大嘴，送進一叉肉，再閉上，不動聲色地咀嚼著。這城市的淑女們，胃口眞是很好的。

那段日子，上午九十點鐘的光景，爸爸媽媽會帶著我去「老大昌」二樓堂座吃點心。爲能容納更多的顧客，樓面上均是長條的大統桌，人們像開會似地排排坐著。喝咖啡不同於吃飯，是一種比較從容、悠閒的活動。一般來說，它的意義不在於吃。雖然在這非常時節，吃的意義變得很重要。可人們還是保持了它的消遣的優雅的氣氛。大家矜持地坐著，不太去動面前的西點，只小口小口地呷著咖啡和加奶的紅茶。當熱騰騰的烙麵上來的時候，人們也是漫不經心地用叉子輕輕鑿著烤焦的邊緣，好像是迫不得已才去動它的。由於是和不相識的人坐在一起，也不方便談話，所以大家就只是乾坐著，看上去不免是有些無聊的。只有我們三個是目的明確的，那就是吃。我狼吞虎嚥地吃著奶油蛋糕，爸爸媽媽則欣賞著。吃完一塊，他們便說：第一幕結束。然後，第二幕開始。我的不加掩飾的好胃口，也引起了周圍人的驚羨，他們會對我父母說：這個小孩眞能吃啊！其實那時節，誰不能吃？我想，他們驚羨的只是一個孩子能夠如此坦然地表達出旺盛的食慾。

我覺得他們也是沒有希望的。他們的享樂與摩登裡，總是含著一股心灰意懶。他們倒不像隱居的鼴鼠，而是像後來我們課文中學過的一種寒號鳥，它老是唱著：得囉囉，得囉囉，寒風冷死我，明天就壘窩。他們得過且過，今日有酒今日醉。他們的華麗是末世的華麗，只是過眼的煙雲。「文化革命」初潮時期，在這個城市首先受到衝擊的，是摩登男女的尖頭皮鞋和窄褲腿。這顯得粗暴而且低級，卻並不出人意外，而是，很自然。這種不合時宜的華麗，終會招來禍事，只是個時間的早晚問題。但眞到了看著這些趾高氣揚的男女們赤著足，狼狽地在街上疾走，心裡竟也是黯然的，好像臨頭的不僅是他們的末日，也是自己的。

大約是七二年的光景，也就是「文化革命」的中期。那時我們有一伙人長時間地離開各自插隊的生產隊，聚集在上海，活動著投考地方或部隊的文工團。我們互相串來串去，交流著學習音樂的感想。有一日，我們相約到某女生家去，聽一名老師講和聲技法。這是名插隊江西的女生，曾在音樂學院附小就讀，專攻大提琴。她的長相略有些粗拙，穿著樸素得近乎土氣，但態度很沉靜，流露出良好的教養。她家住在喧鬧的靜安寺附近，走過一條嘈雜的菜場，彎進一個背靜的短弄，敲開第一幢樓的底層大門，就走入了她家的公寓。這公寓裡竟是，竟是這樣的生活！棕色的打蠟地板發出幽光，牛皮沙發圍成一角，一盞立燈下，一位戴金絲邊眼鏡的先生正在看報。客廳的這一角，立著一架荸薺色的鋼琴，與沙發那角隔著餐桌。客廳通往臥室，或者衛生間的門，半開半掩著，有一身著睡衣褲的女人裡外走動著，是這家的母親。由於客廳闊大，距離略遠，她的活動又基本侷限於那一個角落裡，燈光從後頭照著她，有一股慵懶的、閒適的氣氛。張愛玲的小說《紅玫瑰與白玫瑰》裡，說佟振保夜裡看見王嬌蕊從臥室裡摸出來，到穿堂裡接電話，在暗黃的燈照裡的氣氛，就有些類似。這樣的布爾喬亞式的生活，保存得這樣完好，連皮毛都沒傷著。時間和變故一點都沒影響到它似的。在疾風暴雨的革命年頭裡，它甚至還散發出一些奢靡的氣息，眞是不可思議。這客廳，你說放在哪個年代不成？三十年代，四十年代，五十、六十也勉強可以，然而，這是七十年代，風起雲湧的關頭。說他們沒希望了，可他們卻依然故我，靜靜地穿越了時代的關隘。它們也可說是落伍，和時代脫節，可看起來它們完全能夠自給自足，並不倚仗時代，也就一代一代地下來了。

在我家的弄底，住著一戶醫生的家庭，老先生是滬上小有名望的小兒科醫生。要知道，在他那個時代，小兒科作爲一門專科，是表明了西學的背景。他原是開著一家私人診所，他家的住宅就是按著診所的需要，在這新式里弄房屋的基礎上擴建和改造過的。它要比其餘幾幢房子都大，擴建的部位占去了一個後弄的弄底。所以它的後門不是與其他的後門並列開設，而是成直角，直對著後弄口。改造的部分則在前門，一律的長方形院子，他們則切去了一條，做了一個門廳，門廳裡設掛號的窗口，還有候診間，就像一家眞正的醫院。我從來沒有進過他們家，他家門戶也很森嚴。只是他家那半邊院子裡，繁茂的花木，從院牆伸出了枝頭。他家有三兒二女，其中一兒一女承襲父業，學西醫，也是小兒科。老先生後來關了診所，受聘於一家兒童醫院任院長。從這點來看，他似乎是一個謹愼的人，因爲在那時節，私人開業的醫生還有一些，政府並不禁止。再有，他有時候會來向我母親打聽一些事情。他向來稱我父親母親爲「同志」，前面冠以姓字。他很信賴我母親的政策水平。到「文革」結束之後，我們家也搬離了這條弄堂，有一日，他和師母竟還尋來，與我母親商量退休好還是不退休好的問題。他極少在弄堂露面，上下班都有小車接送。他們的家庭在這條普通的弄堂裡弄得很神秘，倘不是他家的保母與弄內其他人家的保母結伴來往，傳出一些消息，人們就再無從了解。他家長年用兩個保母，其中一個據說是師母的陪房丫頭，後因緊縮家政，離開他家，到隔壁一戶人家幫佣，但卻依然自由出入他家。從這保母身上，也可看出他家的生活是何等養尊處優。與其他保母不同，這保母是單獨開伙的，她的飲食要比她的新東家精緻得多，自己慢慢地在廚房裡享用。從她的言談中得知，老醫生家的保母是不上灶的，只做些下手，師母親自烹飪。每天天不亮，那保母則要負責磨出一罐新鮮豆汁，同大米煮成米粥，給老先生做早餐。他家吃飯實行嚴格的分餐制，使用公筷，碗筷每餐都要消毒。我從後門口窺見過他家的廚房，果然有一具石磨，想就是用來磨豆汁的。

比較老先生的謹小愼微，他家兒女就顯得有些張揚了。他們均長得高大俊朗，神采怡人，穿著十分入時，屬街上最摩登的青年。尤其是老大，最爲風流瀟灑。仲夏時分，他穿一件雪白的襯衫，下襬束在褲腰內，四周鬆鬆的蓬著，西式短褲緊緊包著臀部，伸著兩條長腿。然後哈著腰騎一輛飛快的自行車，從弄堂裡翩然而過。據說他在這城市的一所著名的大學攻讀土木專業，是學校交響樂隊的大號手。他一看就是會玩樂的樣子。有時聽他站在陽台上吹口哨，吹得十分婉轉動聽，音色嘹亮，曲目也很豐富。還聽說師母管教兒女甚嚴，這樣年長且出息的兒子，因交了不適宜的女友，便將他關在洗手間裡責打，直到他低頭服輸，乖乖地與那女友斷了交。印象中，他家的社交是由這位長子負責，有些夜晚，門廳裡的燈亮了，將我家院子照了一塊雪白，然後就聽見送客的聲音。那長子的聲調異常突出，音色又好，小鋼槍似的男高音。隨著殷殷的送客聲，門前的燈也亮了，照耀了大半條弄堂。他們的腳步，清脆地敲擊著弄堂裡的方磚地，恰、恰、恰的，驚動了弄堂裡那些習慣早睡早起的人們。

這名青年顯然是驕傲的，誰讓他處處佔人上風？長得好，運氣好，又聰敏，氣焰總是很高的樣子。其實，這正是他的天真之處，不曉得收斂，容易頭腦發熱，愛逞強，還愛管閒事。有一晚，也是送客，客走了，他返身進門時，忽見我家牆頭上踡著一個人影。就在他駐步抬頭時，人影刷地溜下牆來，撒腿就跑。其時，我們在房間，根本不知道外面發生了什麼事情，只聽見拔地而起一聲高腔：捉賊！推門而出，只見牆頭橫搭一塊布料，是我家保母白天浸了水後晾在院子裡，忘記收回屋裡的，才知道是遭竊賊了。這是我們弄堂歷史上第一次遭竊。因我們弄口設有一個派出所，而在此前不久，派出所遷走了。整條弄堂都驚動了起來，紛紛推窗張望。那賊和捉賊的看不見了人影，一前一後追上了前邊的馬路。人們都說是捉不到的，做賊的到了這一步，只有華山一條道，還不是不要命地跑。可這一回，他卻遇上個不要命地捉賊的了。他竟然追上了小偷，將他扭送搬遷到另一條弄堂裡的派出所。在派出所裡，他氣喘吁吁地敘述擒賊的經過，幾乎接不上氣來，卻依舊神采飛揚。他的新婚的美麗的妻子按捺不住替他拍著胸脯，好讓他氣喘平些。當著衆人面又不好意思，拍了幾下便紅了臉收回手來，可過一時又忍不住替他撫幾下。

他的妻子有著驚人的美麗，是那種歐式的，富於造型感的臉部輪廓，眉眼間且是東方化的清秀。後來頻繁露面於報紙和電影銀幕的西哈努克親王的夫人，莫尼克公主，就有些像她。他們的婚禮十分盛大，婚宴後走下汽車，走進家門，前後簇擁著男女賓客，浩浩蕩蕩。而新娘顯然懂得以抑代揚的道理，因是這一日的主角，衆星捧月的陣勢，反裝束得比平時含蓄，是樸素雅致的格調。她穿一身淺灰色西裝，剪裁十分可體，裙子齊膝，白綢襯衣束在裙腰裡，上裝是披在肩上，頭髮是長波浪，直垂腰際。她的眼睛就像星星那樣亮，笑靨隱現著。她的美麗還在於如此地超凡出衆，可她卻一點不傲慢也不尖刻，而是很和氣，就是常言所說的「面善」。這一對眞是天仙配，隔年就生下了一個白胖女兒，完全是一個洋娃娃，而且聰敏伶俐。星期日這一家出門，可是好看極了，引來多少艷羡的目光。他們的美麗和風光，已經到了那樣的地步，就是說：是不是有點過分了。老子不是說嗎？禍兮福所倚，福兮禍所伏。

在我們弄內，我家院子的另一邊，也是一個大家庭，居住著一整幢三層樓房。這是滬上一位著名綢布行業主的正房家庭，他家的歷史應是可在文史資料上查得到。老太太是上海浦東本地人，想是伴隨老先生起家，雖然如此家大業大，卻依然保持著勤儉的本分。有時見她在後弄裡收拾些碎布，作紮拖把用。「文革」後期返還抄家物資，老太太已經故世，在還回家的一張舊沙發中，竟發現藏著有金銀首飾，藏得如此完好，連翻地三尺的紅衛兵都不曾發現，結果完璧歸趙。這原是老太太積攢的私房。他家經常有些本地鄉下的親戚來小住，小孩子就到弄堂裡來玩，破調皮孩子嘲笑他們的本地口音，卻也不急不惱。老先生平日與二房太太共同生活，老太太一個人帶著一男二女居住在此。長子已娶妻生女，阿大阿二與我年齡相近，是我的好玩伴。這家的生活顯得比那一家平常得多，門戶也不頂森嚴，鄰裡間來往略頻繁一些。這家的媳婦，也就是阿大阿二們的母親，也很美麗，是另一種風格，比較古典，五官特別精緻和諧，亦很現代。因是幾個女兒的母親，又有著那樣古舊的婆婆，她的裝束比較素樸，印象中從未化過妝，可那一股摩登氣是從骨頭裡透出來的。雖然她家阿大比我還大一二歲，可她卻很年輕，似乎與那家的新娘差不多年紀。我們這幢房子裡，三樓住的是一戶昔日買辦的管家，是這條弄堂的老住戶，各家的底細都知道一些。甚至連我都不知道的，我父親五七年戴「右派」帽子這事，他家都知道。他家的外孫女也是我的玩伴，是個任性又嘴快的小姑娘，就是她，告訴我阿大的母親原是某著名舞廳的舞女，阿大的父親則是個有錢的舞客，在她十九歲時娶了她，但夫家卻極不滿意這樁婚事，不允她進門，直到生下第二個女兒，才接納了她。不知此話虛實如何，我卻很喜歡阿大的母親。那家的新娘不管怎麼說終有些高山仰止，而她卻是親切的，平易近人的，而且說話風趣，看我們在一起玩得不怎麼高明時，會調侃我們幾句。雖然我們只是小孩子，她卻也很給我們面子。有一次，我們找阿大玩，阿大，這位新入學的一年級生正在埋頭做作業。我姐姐仗著她二年級的學歷，大膽地替她抄寫生字。阿大很緊張，很沒經驗地不時覷著房門外、在走廊上忙著的母親的身影。這事情幹得是有些渾，相信她母親一目了然，但她竟沒做聲，放我們過了關。

那時我還沒上學，白天一個人在家，十分寂寞。小孩子一個人的時候，是可玩出稀奇古怪的遊戲。我大約是想像自己流了鼻血，將一個小紙團塞在鼻孔，不想吸了進去，心中十分害怕，跑到後弄正在洗衣淘米的保母跟前求援。保母也手足無措，不知拿我怎麼辦好。這時候，阿大的母親聽見動靜走出來，一見這情形，返身進去取了個鑷子，將我橫倒在膝上，強按住腦袋，沒等我哭出聲來，一下子就從鼻孔裡鑽出了那個倒楣的紙團。

他們家雖然是大家，但並不招搖，也不神秘，他家保母也說不了什麼閒話供鄰里們獵奇。只有兩點顯露出不同尋常的居家生活。一是不知從什麼時候開始，他家後曬臺上，豎起了一杆天線，這表明他家有了一架電視機。在那年頭，這是有些招眼的，所以阿大阿二們對這個話題，嘴封得很緊。有一回，阿二突然說起了昨晚的一個少兒電視節目，阿大立即用白眼制止了她。那時候，連小孩子都是識相的，一看這情形，便也不加追問，就此罷了。還有一點則是他家院牆上的一周碎玻璃片。前面已經說過，我家遭竊是我們弄堂裡的頭一遭，所以這周碎玻璃片顯然不是防賊。那是防誰呢？是防隔壁弄堂的孩子。隔壁弄堂是條人口擁擠的弄堂，本是不相干的，可在大煉鋼鐵那一年，將我們弄堂與他們弄堂之間的隔牆拆去，抽出裡邊的鋼筋煉鋼去了，自此，兩條弄堂便打通了。他們弄堂的孩子，總是到我們的寬闊的前弄裡來踢球。球呢，又總是要越過院牆，落進院子。然後他們便十分自然地、身手矯健地翻過牆頭去拾球。爲此，經常會發生爭端。而有了這一周碎玻璃，他們便不能自由進出院子。這是一個無聲而有效的拒絕，對這些「野蠻小鬼」的尊嚴是一個挫傷。「野蠻小鬼」，是我們弄堂對他們的稱謂。有的星期天裡，這家的兒子，就是阿大阿二的父親，便爬上牆頭，栽花似地補栽著碎玻璃片。他的態度很專注，也很悠閒，還帶著些玩賞的意思，將這碎玻璃片栽得錯落有致，在太陽下光芒四射。這時候，誰對後來的災難都是沒有預感的。

也像是方才說的，這城市的革命是從剪褲腿、脫皮鞋開始的，我們弄堂裡首當其衝第一人，便是那家讀土木專業的大兒子。這一日下午，他赤著腳，拎著皮鞋走過弄堂，走進家門。他赤腳走回來的樣子倒也還可以，並不十分的狼狽，走進門後，還回頭對尾隨身後起鬨的「野蠻小鬼」呵斥了幾句。那幫小鬼見他氣焰不減，就吃不準是怎麼回事，竟有些吃癟地退了回去。可這只是個小小的開頭，大事情接踵而來。

我永遠難忘在那綢布行業主家中，進駐了整整一星期紅衛兵，有一日我走過後弄，從廚房的後窗裡，看見阿大母親的情景。她正在紅衛兵的監視下淘米。這已經使我很驚訝了，在這樣的日子裡，他們竟然還正常地進行一日三餐。更叫人意外的，是她安詳的態度。她一邊淘米一邊回答著紅衛兵們的提問，不慌不忙，不卑不亢。並且，她衣著整齊，乾淨，依然美麗。除去比通常神情嚴肅一些而外，沒有大的改變。這使我突然的一陣輕鬆。自從他家進駐了這伙紅衛兵，整條弄堂就都籠罩著沉悶的空氣，小孩子不再到弄堂裡玩耍，人們即便在自己家裡，說話也都壓低了聲音，那些喜歡聚集在後弄裡說長道短的奶奶保母們，現在安分地各在各的家中。人們懷著恐懼的心情，想像他們全家老小這時的情形。有一些可怕的傳說在鄰里間流傳，說是他家老先生從二房太太處帶到這裡，七天七夜不被允許睡覺，輪番審問。我們幾乎都沒有見過這位老先生，心裡以爲他又老又衰弱，要熬不過去了，這一家也要熬不過去了。可是，卻出人意外的，阿大的母親竟還在淘米起炊。

不久，他家的生活有了變化，二房太太、三房太太全集中到這幢房子。而底層則沒收去，重又分配進兩戶人家。這兩戶人家顯然來自遙遠的城市邊緣，江北人聚集的棚戶區。他們說蘇北話，多子女，因申請不到煤氣在後弄裡生著煤球爐子，煙燻火燎的。他們喜歡戶外活動，我們安靜的弄堂頓時變得嘈雜了，開始接近隔壁弄堂的氣氛。而前邊的院子裡則堆滿了雜物，引火的木柴，花木凋零了，只剩下一棵夾竹桃和一棵枇杷，兀自花開花落，青枇杷落了滿地。而圍牆上的碎玻璃早已在第一次抄家的時候，鄰弄的孩子聞訊趕來，歡呼著爬上牆頭，掃得個一乾二淨。玻璃碴子飛濺起來，反射著五彩陽光。這一剎那有一種殘酷的美麗。

這一段日子，眞是朝不保夕，說不準什麼時候，紅衛兵就來了。紅衛兵來了，鄰弄的「野蠻小鬼」也來了。不是說過，弄口是一個小學嗎？小學雖沒有明確指令參加文化大革命，可上課是上不下去了。小學生們正感無聊，這時也蜂擁而來，匯集此處。一時上，簡直像廟會一樣。裡面在抄家，外面牆頭坐一圈人，牆下也是人，又不知是誰領的頭，還呼起了口號。和任何革命的時期一樣，在大革命的浪潮之下，進行著一些狗肚雞腸的小過節。前來助威吶喊的小學生中間，有一個女生特別活躍。她顯然是革命幹部家庭出身，所以雖然還不是紅衛兵，卻也穿上了一身洗白了的舊軍裝。她革命最積極，並且又會爬牆又會上樹，是牆頭上惟一的女生。我們都同在一個小學，她比我低一級，和阿大的妹妹阿二同班。有一回，她正爬在他們家牆上呼著口號，突然一回眸，看見了躲在自家院子裡聽動靜的我。她刷的一轉身，指著我大聲喝到我的名字：你給我出來！有一股不祥的預感湧上心頭，可我已沒處逃跑了，只得拉開門栓走到弄堂裡。她縱身跳下牆頭，衝到跟前，點著我的鼻子罵道：是你說我偷東西嗎？她的氣勢完全壓倒了我，我很無力地辯解說：不是我說的。她吼了一聲：你還賴！就在此時，我看見她身後有一個人影，畏縮地一閃，心便使勁往下一沉。這是我們弄內的另一個孩子，特別喜歡搬舌頭，你明明知道她靠不住，可當她來到面前，甜言蜜語地一說，你又相信了她，告訴了她極其機密的事情。我確實很不謹愼地和她說過這話，至於是從哪裡聽來，我自己也忘了，很可能只是空穴來風的隻言片語。我回答不出她的責問，退又無處退，逼得無奈，便很卑屈地瞎指了一個。這是一個最無權辯解的人，那就是這家的阿二，與這女生同班的同學。我說：是她告訴我的。她聽罷頭也不回地衝進他家院子，擠在抄家的人堆裡，大聲叫著阿二的學名，要她出來對質。這實在是一個惡劣的誣陷，在這樣的情勢下，可謂火上澆油，不知道會給他家帶來什麼禍事。他們一家已經夠倒楣的了。她沒把阿二叫出來，隨她而來的是阿二的母親，也就是阿大的。她臉上含著微笑，不慌不忙的。也不知怎麼的，這女生此時也平靜了一些，對著我說：她說她並沒有對你講過。我囁嚅著，不知道這事該如何收場。阿大的母親向我微笑著，沒有一點追究的意思，她說阿二的腦子稀里糊塗，說過了也會忘記的，又說算了算了的，那女生竟也斂了聲，放了我過門。我心裡說不出的感激阿大的母親，感激她的寬容，也感激她替我打了圓場。

阿大的母親就是這樣，你可以說她會做人，會做人有什麼不好？會做人終究是她照顧別人，別人受益於她，和她在一起，你就會感到放心，舒服，愉快。那時候，寂寞的我，總是不識相地在任何不適宜的時間裡，出現在她家，找阿大阿二做伴。她從來都對我親切、和氣，有說有笑。我們正處在發育的年齡，胃口特別旺盛，卻苦於時世不好，經濟都很拮据。

我家的情形略好些，還能有五分一毛的零用錢，我們就一起出去逛街，到合作食堂喝牛肉清湯。那湯是眞正的清湯，什麼也沒有，可是強烈的咖喱味和味精味卻使它顯得味很厚的樣子，能解一些饞。喝得胃脹，然後很激奮地走在馬路上，互相挽著胳膊。阿大的天性十分快活，開朗極了，處在這樣不安的困窘的境遇之下，依然不存什麼憂慮。這大約也得益於她母親的遺傳，處變不驚。這一種氣質是非常優良的，它可使人在壓榨底下，保存有完善的人性。其時，他家基本已是靠變賣東西度日。我們逛街的又一個內容就是去舊貨店看她家的東西有沒有售出。一旦售出就趕緊跑回去向她母親報喜。在這樣岌岌可危的境況下，阿大母親還是生活得從容不迫。她每天一早就去買菜，買菜回來的路上，打一缸淡豆漿，回到家裡，慢慢享用。有幾次，她在馬路上撞見我和阿大結伴喝牛肉清湯，吃熟菱角什麼的，事後就笑話我們沒口味，急煎煎的也不愜意。使得我們很感慚愧。

有一天，阿大興奮地奔到我家窗下，很神秘地向我展開一張五角的紙幣。這可是一筆大財富，夠我們享用一大陣子的了。是阿大母親給阿大一個人的，還要她保守秘密，別讓阿二等妹妹們知道。從這捉襟見肘的財政中劃出這樣一筆錢，可是不容易的，這夠阿大母親喝大半個月的淡豆漿了。其實這是在幫阿大還情，也是給女兒面子的意思。這一天，我們破例在合作食堂裡要了一份兩面黃炒麵，再加上牛肉清湯，眞是無法形容的滿足。

她家的女兒均長得清秀端正，也是得自母親的遺傳。稍成年之後，我母親就起意給阿二介紹男友。爲什麼給阿二而不是阿大，是有人人皆知卻不便明言的理由。那就是，其時阿大還在農村插隊，衣食無著，前途無著，阿二則分配在上海工廠裡做了一名操作工，是可考慮終身大事了。這雖然合情合理，可對阿大多少是個傷害。雖然非常尊敬革命同志的我母親，但阿大母親還是婉言謝絕了。理由是阿大還沒有朋友，阿二怎麼能先有。母親雖然遭了拒絕，但卻十分服氣。就這樣，阿大的母親雖然在複雜的世事裡應付得很婉轉，可卻堅守著一些基本的原則，這些原則都是與人爲善。多年以後，我母親到滬上一家著名賓館赴宴，見隔壁餐廳前寫著喜宴的字樣，新人竟是他家阿大的名字，便尋了進去。沒等母親從如雲賓客中尋見阿大，阿大母親就已迎了上來。她特意將新人引到母親跟前，行了三鞠躬禮。據母親說，阿大母親竟然一點沒有蒼老，依舊美麗動人，穿著得樸素而得體，一點看不出是這對晚婚的新人的母親。他們的婚禮是滬上布爾喬亞的一種，隔牆聽來，沒有半聲喧嘩，只在喜宴將臨結束時，齊聲唱起「祝你新婚快樂」的歌子。唱畢，輕輕地鼓了一陣掌，便高尚地、文雅地、禮貌地結束了。

那醫生家的，美麗的、高貴的、嬌嫩的、公主般的新媳婦，在文化大革命的殘酷遭際當中，表現出了驚人的承受力。大門不出、二門不邁的她，首先擔起了這個家庭涉外方面的事務。比如買菜，比如里弄裡的學習。每當召集有問題的人家開會，她便提個小板凳走過弄堂，走到那弄堂拐角處，狹小的、漏風的、曬頂的、油毛氈搭建的小屋裡，靜靜地坐著，領受著照章宣讀或者即興發揮的訓斥。她雙手放在膝上，臉色很平靜，美麗的眼睛看著門外，並不膽怯地接受著人們好奇的注視。再比如每週四弄堂大掃除。她穿上高統套鞋，提著鉛桶，將頭髮編成兩條辮子，因爲天寒，而在頭上包一塊羊毛方巾，圍到頦下，繫一個結。看上去就像蘇聯電影裡的女主人公。她看起來還相當有力，提著一桶水穩穩地走著，拿掃把的樣子也挺好。再然後，她便到里委生產組去接洽活計，編織小孩子的風雪帽或者連衣褲的活計。她頻繁地出入於弄堂，揭開了神秘的面紗。但她的美麗並不因此而受損，她依然引人注目。她的美是那種會對人形成威懾的，所以也容易激起人們觸犯它的危險。其實，他們一整個家都具有這樣的氣質，會叫人自卑而氣惱。他們家說起來眞沒什麼大事，可卻惹來了大禍，恐怕就緣出於此。

隔壁弄堂的「野蠻小鬼」，還有「野蠻小鬼」的已成年的兄長們，他們對這一家格外地垂青，幾乎每晚都要上門騷擾一番，以此尋樂。他們吃過晚飯，洗過澡，趿著拖鞋，就來了。砰砰地敲著門，終究也不知是要幹什麼，沒來由地將這家出來應付的那個訓斥著，提出的責問也是不知所云，因此便無從答起，於是就是「不老實」，再接一輪訓斥。出來應付的往往是這家的長子，他壓著脾性，不得不賠著笑臉，與這伙人周旋著。有一回，周旋得火起，竟挨了那當頭的人一耳光。這於他如何能受得了，向來是養尊處優，這伙人在他眼裡，是與「癟三」無異的。心裡頭是天翻地覆，可也發作不得。那當頭的一位，年紀也不小了，不知是個青工還是社會青年。他衣冠很整齊，足登皮鞋，樣子也還不頂粗魯，卻居心叵測。這是最可怕的一個，心裡不知壓了有多少下流的意趣。他這一耳光打過去，便得了滿足似的，再囉唆了幾句，得勝還朝。對著他們走遠的背影，這家的長子從牙齒縫裡擠出了幾個字：他媽的，強盜！

那年頭，也亂得很，到處都在豎桿子，遍地煙火的樣子。不久，那長子的臂膀上也套上了一個紅袖章，上寫某某戰鬥隊的字樣。他不無顯擺地騎車在弄堂裡進出，也是表明身分的意思。就好比我母親每晚臨睡前，都要把我姐姐的別著紅袖章的外套掛在屋內最顯眼的地方一樣，意思是你們是紅衛兵，我們家也有一個。而那長子的氣勢顯然是刺激了鄰弄的那伙，他們在沉默幾日之後，再一次上門滋擾。而這一次，這家長子卻早有準備。似乎，這幾日他一直在等著他們來，現在果眞來了。他很爽快地打開了大門，與他們泡著，話頭很硬，使得他們不甘罷休。正糾纏不清時，弄堂裡忽然大兵壓境似地駛進一隊自行車，來人都袖戴臂章。他們下了車便直奔那伙人而來。那伙人其實也是草包，大革命中阿Q那樣的人物，本來就不甚明白這家人的底細，更不知來人的來頭，立刻就「縮」了。來人卻不放過，緊著喝問。這時節，其實比的就是氣勢，誰的氣焰高誰就得勝。那伙人更囁嚅了起來，想找台階退下去的意思。來人還是不放過，一定要問個究竟。這一回，鄰弄的那伙可吃了苦頭，打頭的那一個，因爲最年長，其時就更狼狽相，只得討饒，直討到來人滿意了，才放他們回去。這伙人灰溜溜地走出弄堂，連屁也不敢放一個。他家長子可是揚眉吐氣了，過後還往左鄰右舍送了一些鉛印的戰鬥隊刊物。看起來，他也是在爲革命很忙碌的樣子。可是，弄堂裡那些年長的住戶卻爲他捏了一把汗。他們說，他家要吃苦頭了。這都是我們城市的老市民，經歷過數次革命，深知誰是革命的眞正力量。

時間在令人不安的平靜中過去了，接著，老醫生醫院的造反派上門了。他們來尋找老醫生。人們這才發現，老醫生夫婦倆已有一段時間不看見了。這天，他家在場的是二子、三子、大媳婦，還有二子的剛顯出身孕的妻子，共同抵擋著這一局面。造反派追問著老醫生的下落，子媳們咬定一個不知道。從中午到晚上，人們已吃過晚飯，他們這裡還沒完。大門敞著，房間裡，樓梯上，走廊裡，擠滿了看熱鬧的人。鄰弄的那伙也趕來了，積極爲造反派出主意。然後，一個決定便形成了，並且立即付諸行動。那就是，在隔壁中學的操場上，批鬥這家四個子媳。中學的操場很快就佈好了燈光，拉起了橫幅，人們刹那間湧進了操場，革命實在像是大衆的節日，但充滿了血腥氣。一切就緒，這家的子媳們終於在押送下走出家門。壅塞在弄堂裡的人們讓開了一條道，讓他們走過去。兩個兒子走在前面，他們竟還保持著良好的儀表。高大，俊朗，毫無委瑣之氣。大媳婦在後，扶著有身孕的二媳婦。從我家門前走過的時候，我看見了那美麗的大媳婦的眼睛。她的眼睛大膽地迎接著人們的目光，沒有一點躲開的意思。他們自始至終沒有說出，老醫生在何處藏身。

我們弄堂裡的老住戶們，紛紛慶幸老大沒在家。倘若他要在，那就完了。人們說。這晚上，鄰弄的那伙耀武揚威地在批鬥會上張羅著，揮舞著皮帶。他們是醫院造反派所發動和依靠的基本群衆。人們還擔心，二媳婦肚子裡的孩子要保不住了。可是，那孩子卻奇蹟地留存下來，並且健康活潑。我母親在這晚上，對這家子媳做出的評價，很簡單，她說：他們有氣節。

這家人家從此後就走上了霉運，房屋被沒收，強行遷進幾戶人家，都是來自城市邊緣地區的貧困者，天生懷有對有產者的強烈仇恨。他們極盡欺侮之能事，都是在無產階級專政的崇高名義之下。多次打到弄堂裡來，不得已到派出所講道理，沒道理的總是這一家。接著，長子單位又來逼迫他去往三線工作，他執意不去，逼迫得急了，他絕望地吼道：不去！半條弄堂都聽見了。然後心臟病發作，送去醫院，才算結束了這場動員。但自此他便失了公職，養家的任務落到了他的妻子肩上，看她忙碌地進出弄堂，四處尋找工作，不由想起曾有一次，我們聽壁腳，聽見這對年輕夫婦吵嘴。就爲了里委動員妻子去代課教書，而她卻不樂意。吵到後來，她竟哭了起來，似乎有著萬般的難處。而事到如今，她竟也不慌不忙地擔起了家庭的生計。

這，就是上海的布爾喬亞。這，就是布爾喬亞的上海。它在這些美麗的女人身上，體現得尤爲鮮明。這些女人，既可與你同享福又可與你共患難。禍福同享，甘苦同當，矢志不渝。

我的同學董小蘋

董小蘋是我小學的同班同學。入學不久，我們就約好了，由她來叫我去上學。前一日下午，我很興奮地向家裡大人宣布了這一消息。到了第二天的早晨，只聽前邊大門外有聲音叫我的名字：「王安憶！」我，媽媽，阿姨，三人一同奔過去開門，媽媽一眼看見董小蘋，就驚訝地叫道：「多麼好看的小朋友啊！」說罷就去拉她，她逃跑了幾步，最終還是被媽媽捉住，拉進房間。記得那一日她穿了一件白茸茸的大衣，戴一頂白茸茸的尖頂帽子，臉蛋是粉紅色的，一雙極大極黑的眼睛，睫毛又長又密，且向上翻捲著。我媽媽始終拉著她的手，問長問短，她的美麗使媽媽非常興奮，而站在一邊的我，則滿心委屈，妒忌得要命，眼淚都快下來了。當我們終於一同走出門，她很親熱地將胳膊摟住了我的脖子，這時候，心中的怒氣不由全消了，取而代之的是滿心的感動。

她是一個特別幸運的女孩。那時候，我們都這樣認爲。她不僅形象美麗，而且極其聰慧，功課門門優秀，唱歌也唱得好，口齒伶俐，能言善辯，穿著打扮十分洋氣。外班的老師或同學提起她，常常是說「那個娃娃一樣的小朋友」。當時，我們年級共有四個班，凡是受過幼兒園教育的孩子，都編在一班，二班，還有三班。像我們第四班，都是沒有讀過幼兒園直接從家庭來到學校的。因此，在這個班上就出現了一種較爲複雜的情況：絕大部分的同學出身都相當貧寒，甚至有一些家長沒有穩定的職業。年級裡學費半免或全免的同學幾乎都集中在我們班，還有一些同學長期拖欠學費。記得有一次，一位老師催繳學費急了，衝動地說了這樣一句話：「人家一班二班沒有一個同學學費半免全免的。」而在四班裡卻另有一小部分孩子，出身於資產階級或者高級職員、知識分子家庭，在學校教育之外，有一些孩子還另外請家庭教師學習英語、鋼琴、美術等等。在此就集中體現了六十年代初期的一種「階級分化」情景。

董小蘋所住的一條弄堂，是一條相當貧民化的弄堂。弄口有一個老虎灶，老板是一個乾瘦多病的老頭，也許是患有肺結核或者風濕病，他長年佝僂著腰背，卻昂了頭，兩條胳膊向後伸著，頗像當時廣播體操裡「全身運動」的那一節，於是，調皮的孩子都叫他作「全身運動」。他的孫子就在我們班上讀書，是出名的皮大王。祖孫住在老虎灶後頭一個洞穴樣黑暗的破屋內。弄前是繁榮似錦的淮海中路，霓虹燈在夜晚裡閃閃爍爍。這弄堂曲曲折折，坎坎坷坷，房屋不整。放了學後，有時候她邀我去她家做功課，我們走進那個煙燻火燎的弄口，踩著破碎骯髒的路面，來到她家門前。開門是一條過道，過道旁有一扇門，通向堂皇的客廳，一周皮沙發椅，圍了一張西餐長桌，吊燈低垂在桌面上方。在我時至今日的印象裡，客廳總是暗暗的，好像從來拉著窗帘，隔開了裡外兩重天地。我們順了過道一直走向後面的廚房和洗澡間，再上了樓梯，走進她自己的小房間內。牆上掛了她與母親大幅的著色的合影，母親背對了照片，她正面地抱著母親的脖子歡笑。我們做完了功課，就到樓頂曬臺去玩，望著樓下破陋的弄堂，就像是另一個遙遠的世界。那時候我們無憂無慮，從來沒有想到這樣的差別會帶給我們什麼樣的厄運。我們在一起有無窮稀奇古怪的遊戲，在她家的曬臺上或我家的花園裡種蔥，並立志要去考農學院。我們將種出來的蔥夾在麵餅裡，吃得生腥滿嘴。我們又常常互相生氣，由於都是同樣的任性與嬌慣，誰都不肯寬容對方。而在我們互相冷淡的日子裡，彼此都是那麼的寂寞和孤獨。放學回家的時候，我們各自坐在課桌前，磨磨蹭蹭地整理書包，期待著對方與自己說話。和好的日子則是那樣歡欣鼓舞，陽光明媚，就像是爲了補償虛度的時光，我們以加倍熱烈的語言表達互相的信任和友愛，這時候，她告訴我，她的父親是一個資本家。

關於她家是資產階級的事情，早已在學校裡傳開。由於小學是就近讀書，同學都住得很近，誰家是做什麼的，誰也瞞不過別人的耳朵。比如某某同學的父親住在監獄，由於印假鈔票判有多年的徒刑；比如某某同學家裡是擺小書攤的，他常常帶了一疊一疊的小人書來學校看；還有誰家的父母是山東南下的幹部，家裡家外說的都是山東方言，天天吃饅頭，等等。同學之間又喜歡傳舌，往往會誇大其詞。就這樣，人們將她家描繪成一門豪富。過了許多年後，我才從她那裡了解到：在她父親還是一個青年的時候，以工業救國的理想和祖上傳下的一份遺產，伙同兄弟合資開了一個銅廠。其間幾起幾落，幾臨破產與倒閉，幾度危難，而終於支撐下來。在她出生的時候，工廠已經公私合營，父母懷了犯罪的心情，戰戰兢兢地吃著一分定息，時時告誡自己和兒女，不得走剝削的道路，做共和國的好公民。有一次，她很認眞地對我說，現在有一條內部的政策：一個出身不好的青年，如果表現特別優異，就可以改變成分。我當時聽了就很懷疑，說黨的政策是「出身不能選擇，前途可以選擇」，並不是改變「成分」的意思。而她堅持說確實有這樣一條可以改變「成分」的政策。現在想想，這條政策大約是她自己從「出身不能選擇，前途可以選擇」的思想裡生發與推理出來的。她是家中最小的孩子，上面有三個哥哥一個姐姐，父母以自己的身體承接了命運的暗影，將她溫暖地庇護起來。幸福快樂的她將一切都想得那麼美好，年輕的共和國且又給人許多希望。

後來，我常常想：假如沒有「文化大革命」，董小蘋會怎麼樣？遠遠在「文化大革命」開始之前，似乎從一開頭就是這樣：除我之外，董小蘋幾乎很少好朋友，班上同學總是和她很疏遠，儘管她學習優秀，參加公益活動也熱心，可她在少先隊中只是一名小隊長。同學們背地裡說起她，就總不那麼滿意的樣子。而老師的態度也很微妙，記得有一次算術課上，她的課堂回答錯了，窘迫而又憨態可掬地張著嘴，不料老師卻惱怒地說：「伸什麼舌頭，又不是狗舌頭！」老師的激怒使我感到非常吃驚和奇怪，一直到我長成一個成人之後，才理解了這位老師複雜的心情。她的美麗，聰敏，嫵媚，可愛，以及優越的生活，使許多人的心裡感到不安與不平。想到這裡，我就發現，「文化大革命」以及這「革命」中許許多多殘忍的事情，是不可避免地要發生了。

在小學最後的一年裡，也就是「文化大革命」開始的前夕，我與董小蘋爲了一件極小的至今誰也說不清楚的事情鬧翻了，兩人不再說話，形同路人，爲了氣她似的，我故意去和一些平素並不投合的同學要好，進進出出的。就這樣，一直到了「文化大革命」。小學雖不停課，卻也亂了章法，成天鬧鬧嚷嚷的也要開展「文化大革命」。有一天早晨，有人在董小蘋的課椅上寫了「狗崽子」的字樣，待她進教室看見了，就說了大意是「寫的人是寫他自己」這樣的話，就有一個同學跳將起來同她吵。這一個同學出身於一個極其貧困的工人家庭，身上從未穿過一件完整的衣服，性格卻很倔強。吵到後來，在場同學漸漸分爲兩部分，一部分沉默，另一部分幫了那同學吵，而董小蘋自始至終是一個人，她卻毫不讓步，聲嘶力竭地強調：「出身不能選擇，前途可以選擇。」最後，大家一併將老師找來，要老師證明，究竟是誰的道理對。老師漲紅了臉，支吾著不敢明斷。這時我看見很大很大的淚珠從董小蘋的臉頰上滾了下來。我悄悄地退了場，心裡感到非常難過。這些日子裡，每天夜裡我都不敢入睡，覺著紅衛兵每時每刻都會破門而入進行抄家。我期待著他們敲門，心想：抄過了就好了。而他們終於沒有來，不知不覺，童年就在這種焦慮與恐懼的等待中過去了。

這一年裡，發生了多少事情啊！就在我們班上，有兩個女生相繼夭折，一個是患肝癌，另一個是急性腦膜炎。前一個拖了有半年時間，死後，她母親託人叫我去她家取借給她看的小說書，那母親將一疊保護得很好的書交給我，一邊哭訴著她死前的情景。我望著她平日睡覺的空蕩蕩的閣樓，心裡充滿了虛無與茫然的感覺。後一個同學在一晝夜之間消亡，有同學跑來告訴我，說她給她們猜的一個謎語還沒有告訴答案，現在誰也不知道那答案了。許多日子過去之後，我才知道這一年裡，董小蘋經歷了什麼。一週之內，紅衛兵兩次上門抄家，抄走了家中的最後一分錢，砸碎了家中最後一只完好的熱水瓶。一日之間，全家作了賤民，從此，開始了凌辱與貧困的生涯。到第二年開春，我們根據地段劃分進了附近的中學。在學校裡，我遠遠地看見了董小蘋。她穿了一件舊罩衫，低頭默默向自己的教室走去。後來，我們就常常在校園裡遠遠見面，可是誰也不與誰說話。她是那樣沉默，幾乎沒有人注意到她，也聽不見別人談起她，就好像沒有她這一個人似的。中學的生活是那樣無聊，或者坐在教室聽拉線廣播，或者坐在操場地上開大會，太陽烤得人頭昏眼花。

後來，我去了安徽插隊，而我中學裡的好朋友在我走後半年，去了江西一個林場。她從江西來信說：你知道我現在和誰在一起？和你小學同學董小蘋在一起了。她信中還告訴了我，董小蘋想與我和好的願望。在經過了那麼樣的時日之後，兩人間的一樁小事顯得多麼無足輕重。我回信時便附筆向她問候了，不久，就收到了她附來的短信。而正式的見面，是在兩年之後的夏天。我們一同在上海度暑，有一天，我去了她家。她從樓上下來迎接我，將我帶上二樓。除了二樓以外，其餘的房間全被弄堂裡的鄰居搶佔了。這時候的我們，彼此都很生分，並且小心翼翼的，似乎不知道什麼話該說，什麼話不該說。她穿了舊衣舊裙，紮了兩個短辮，形容依然十分姣美，眼睛又黑又大，睫毛又密又長，可是臉上的表情卻失去了小時的活潑與生動，老老實實的。只有當她母親說起我們小時的淘氣，她浮起笑靨，往昔的董小蘋才回到眼前，可是轉瞬即逝，又沉寂下來。過後，我們就開始了間歇很長並且平淡的來往。通過我中學的好朋友，我也不時能得到她的消息。我知道她在那裡依然很孤立，周圍有許多對她極傷害的猜忌與流言。然後，我又知道她在很短暫的時間內，以過硬的病由和極大的決心辦了病退，回到上海，在街道生產組做工。這時候，我們家搬離了原來的地方，而她也搬出了原先的弄堂，被搶佔的房子再無歸還的希望，而十年裡慘痛的記憶也無法抹平。一九八○年的冬天，她來到我家。這時候，她已考上華東師大歷史系，她騎了一輛自行車，是在星期天晚上返校的路上彎到我家。她剪了短髮，穿一件樸素的外衣，態度有些沉默，說話總是低了頭。我們互相談了些這幾年裡的情況。我已於七八年春回到上海，在《兒童時代》社工作，從北京中國作協文學講習所回來不久，發表了一些小說，行將走紅。她自七五年底病退回來直到七九年進校讀書，此間一直在一個做繡花線的生產組工作。上大學是她從小的心願，在林場時，曾經有過一個大學招生的名額，卻給了一個連一張通知都寫不流利的男生，因爲他有一個好出身。她聽了這消息幾乎昏厥，雖然她不相信會有什麼好運落在自己身上，可心中卻無可抑制的暗暗揣著希望。後來到了上海，七七年恢復高考制度，她便開始了準備。而如我們這樣六九屆初中生，僅只有五年級的文化程度，一切都需從頭學起。七七年的考試且又是競爭空前激烈的一年，自六六年起的歷屆畢業生全在這一時刻湧進了考場。她嘔心瀝血，最終卻落榜。她後悔道，如果考的是文科，分數線就過了，而卻考了理科。然後，到了一九七九年。這兩年中發生了多少變化，工商業者的工資、存款、定息、抄家物資紛紛歸還，生活漸漸闊綽起來。國家政策開放，出國漸漸成風，許多漂亮的或不漂亮的女孩嫁了闊佬與洋人脫離苦境，而她還在繡花線作坊裡勤勤懇懇地做一名倉庫保管員，以業餘時間進行補習，再一次進了考場，終於榜上有名。在天高氣爽的秋季，那一個新生進校的場面，一定是非常激動人心。年輕和不再年輕的大學生們一同走進校門，誰會注意一個董小蘋歷經數年的奮鬥呢？誰會知道她從什麼道路上來？誰知道這一個沉默的總是生怕引起別人注意的女生，曾經有過一個燦爛美麗的童年，而在一切被踐踏與毀壞的日子裡，多少強大的男人都墮落了，銷聲匿跡了，這一個嬌嫩柔弱的女生不僅堅定了她的自尊與自愛，還保存了一個理想，並使之實現。在秋天這個入學的早晨裡，有一個理想實現了。

她讀的是歷史，心下卻喜歡中文。大學畢業後，分配到母校向明中學任教。一年後她結婚懷孕，正遇學校實行聘任制的改革，於是以懷孕與產假期間無法正常上課的理由「不被聘任」。她連日奔忙，終於爲自己找到另一份「被聘任」的工作時，教育部門又下達了師資不外流的文件。經過又一番奔波，終於調入上海社會科學院青少年研究所，辦一份名叫《上海青少年研究》的內部刊物。

這時候，我已開始全日製作一名「寫家」的生涯。我埋頭在一些虛擬的故事之中，將我經過、看見、聽到的一些實事，寫成小說。我與我的文友們談天說地，將一個個自己或者別人的故事拿來搜刮出眞理。我到郵局寄信，我到銀行取款，我出國在機場驗關，有時候我只是在菜場買菜，會有人認出我，叫我青年作家，使我的虛榮心得到很大滿足。可是，我又知道，自己不僅是人們所認識的那一些，而在那一些以外，自己還有一些什麼呢？有時候，在最最熱鬧的場合我會突然感到孤獨起來，覺得周圍的人都與我隔閡著。那些高深的談吐令我感到無聊與煩悶，我覺得在我心裡，其實包含著簡單而樸素的道理。就這樣，我和董小蘋的往來逐漸頻繁起來。我很喜歡在她自己那一個簡陋而凌亂的家裡坐上一時，說一些平常卻實際的話。她和她的丈夫、兒子住一套十三平方的往昔看門人的寓所，她的丈夫與她是生產組的同事，又一起考入同一所大學，現在教育局工作。兩人都在「清水衙門」，收入絕對有限，她又不慣向人開口，即便是自己的父母。爲了改變現狀，曾努力爲丈夫留學日本作過爭取，可是人事多蹇，事情遙遙無期，卻已負了一身債。她縮衣節食，幻想著無債一身輕的幸福時光，並執意培養孩子對拮据的家境有承受的能力。她在八七年脫離編輯工作，專搞青年學生的比較研究課題。在一個大雨滂沱的天氣，我們不合時宜地在她家作客。積水頃刻間在她家門前淹起湖窪，隔壁公共食堂進水了，老鼠們遊水過來，棲身在她家台階上避雨。她安詳地去幼兒園接回兒子，再去買菜買麵粉，自行車像兵艦一般在大水中航行。然後她從容不迫地剁肉做餡，大家動手一起包一頓餃子。餃子熟了，我們各人端了碗找個角落坐下就吃，那情景就好像是插隊的日子。在這間小屋裡，我感受到一種切實無華的人生。她讀書，做學問，寫論文，從一個作了針線匣的紙盒中取出針線，給兒子釘一條斷了的鞋帶，從自己微薄的稿費中留出了五塊錢，爲自己買一條換洗的裙子，她的每一個行爲都給我以眞實和快樂的感染。在這裡，每度過的一日，都是勤勉而有意義的一日。

八八年春天，她因與日本青少年研究所合作的課題，受邀去了日本。去之前，她將五百元置裝費大都添了結婚五年來沒有添置的日常衣物。當我向她提議應當做一件睡衣，她露出茫然的神色道，她連想都沒有想過，還有睡衣這一件事情。我不由想起幼年時她那小公主般的臥室，心想：這一個粗糙的時代將她改變得多麼徹底。如今，只有她那白皙的膚色與細膩的氣質，以及某些生活習慣，比如從不去公共澡堂洗澡等等，才透露出她埋藏很深的貴族氣。而她現在再怎麼高興也無法像她童年時那樣歡歡喜喜地大笑。她穿一件稍漂亮的衣服就引來人們羨忌的目光，也會使她惴惴不安。然後，她就去了日本。令她十分失望與不快的是，日方合作單位，出於一種成見，竟將請她去日本僅僅當作是對合作人員的一種優惠，並沒有做好工作的準備。日方再沒有想到，這一個中國人，來到繁華的東京，是爲了和他們做認眞的工作會談，他們措手不及，最終只能眞誠地道歉。她去日本的時候，正値大量學語言的上海人湧上東京街頭打工的熱潮中，某一些中國人卑下的行徑，使得戰敗後成功崛起躍到世界前列的日本國人滋生了傲慢。她所居住的單身宿舍寮長，一個二十三歲的男孩，通過翻譯問她會不會日語，她說不會，他便說道：你既來訪日本，應當學說幾句日語，每天早晨，也好向我問個早什麼的。她當即回答道：你們日本要與中國長期做鄰居，你也應當學會漢語。當她向我敘述這些的時候，使我想起了小時候的她：她鋒利而不饒人的言辭，敏捷的反應，極度的自尊心，以及認眞的求學態度。我感動地想到：在極盡折磨的日子裡，她竟還保持了這些品質，這使本來就艱難的生活更加艱難。

從日本回來之後，我覺得她起了一些變化，恢復了自信心。她常說，是社科院青少所給予了她認識自己價値的機會，消除了她的自卑感，使她覺得一切尙有希望。這希望是經歷了許多破滅的日子才又生長起來的。

當我從虛榮裡脫身，來到她的生活裡，一同回憶我們小時候活著與死去的同學，親愛或並不親愛的老師，互相道出那時候可笑可歎的故事，在我們離開的日子裡各自的遭際與命運，我覺得眞實的自己漸漸回來了，我身心一致，輕鬆而自然。她的生活使我能夠注意到，在我的生活裡，哪一些是眞實的，哪一些是有意義的，而哪一些是虛假的，哪一些又是無聊的。

老李

老李是我的病友，我們在同一間病室裡度過了朝夕相處的兩個月時間。每天晚上，她照例是要吸半小時氧，我們就各自在檯燈下看書看報，房間裡很安靜，偶爾有氧氣瓶咕嚕嚕的水聲輕響一陣，隨後又安靜下來。說是晚上，但因醫院開飯早，其實只不過是六七點光景，窗帘後頭，夜幕剛剛降臨，燈光則已經很璀璨，而一帘之隔的病室裡，是另一個世界。

這是頗折騰的一日裡最爲溫和的一刻，許多過不去且放不下的念頭這時都暫告一個段落，休憩下來。這個時刻使我們特別像一家人，患難與共的。即便是那樣一個暗淡的時期，這一刻的安寧依然是值得念想的。

老李是個高級建築工程師，畢業於芷江大學，芷江大學的建築系，後來併入了上海同濟。她是在那種近代知識階層相對封閉而循規蹈矩的生活中長大，學問深，涉世淺，儘管經歷了一些難免的世事動盪，卻依然保持著一種天眞的氣質，這是由於骨子裡的單純。這種單純其實是具有保護力的，它可在紛繁雜沓的世界裡闢出一個另外的天地，供養著正直敏感的心靈。因此，老李看上去神清氣爽，就算是那一身不分性別近乎襤褸的病員服，也沒有掩蓋住她優雅的風度。她還顯得特別年輕，不僅是指容貌，還指心底，有時你覺得她就像一個大孩子。醫生安排她吸氧的治療，她對此又驚奇又欣喜，每有來人探望，便有些顯擺地向人表演這個節目。這天，前來探病的女兒要走，老李挽留說：你不看我吸氧啦？

在我們病房窗戶對面，正是一個建築工地，老李可從工地傳來的聲響判斷施工進行到哪一個階段，她還常常拉我在窗前，指點我看這是什麼工序，那又是什麼技術。這個吵人而骯髒的工地是老李住院期間的重要消遣，每有進展，就好像戲劇又拉開新的一幕，有了新的情節。從她那裡，我學得了不少建築業的行話，比如稱不摻有鋼筋的水泥製件爲「素」的。

除此，老李還諳熟和喜愛音樂，這來源於她良好的教養。她從小學習鋼琴，也受過聲樂方面的訓練。這是和她的建築專業相通的，不是有句話說，音樂是流動的建築，建築是凝固的音樂嗎？這樣，她作爲一個建築師的修養就更加完美了。老李就是生活在一個幾乎稱得上唯美主義的世界裡，這世界是有些偏狹，可是卻不妨礙老李有一顆好奇的心。她常常急急地走進病房，告訴我一些新發現，這些發現都不是什麼大事情，甚至有些微不足道，比如花園裡的什麼花開了，某某病房新進了一個病人，哪一位醫生剪了個新髮型。但這些小事情，在老李近似孩童般純美的觀望下，煥發出新的光彩，她將尋常生活納入了她的唯美世界。

這就可以想像當老李讀我的《米尼》和《我愛比爾》時的困惑不安了，這兩篇寫的都是女性墮落的命運，發生在社會暗淡的負面。所以我首推這些給老李讀，是出於可讀性的考慮，那都是情節性較強的東西，又發生在老李生活的城市，上海。不料想卻使老李大驚失色。她再三再四地問我：「難道眞的有這樣可怕的人和事情？」我不由感到十分抱歉，還爲自己沒向老李表現得更好而暗自懊喪。後來，我的聲譽是在《小鮑莊》那裡得到挽回了。老李非常喜愛這篇小說，它並沒有因爲遠離老李的生活範圍而遭到排斥和拒絕，它給了老李一個優美的印象。

老李對文學的評價應當說是幼稚的，她不是那類在青年時代崇尚文學，熟讀名著，在日記本的扉頁上抄寫著名詩行的人，她的讀後感有時會令我瞠目結舌無言以對。可是切莫就此以爲她是缺乏感悟力的，她似乎有著一種理解事物的本能，這種本能使她常常單刀直入地切中要害。這也就是單純的好處了，你說她簡單化也好，但就是這種簡單化，讓她抓住了事情的本質。本質往往就是簡單扼要的。

當她看完我的《長恨歌》，第一個問題就讓我愣了一下，她說：你以爲長腳殺死王琦瑤會逃得過去？我正想解釋這不是一個關於案件的故事，可是緊接著，她卻發表了以下的談話。

她說你的這本書使我想起一個人，也算是一個同事吧，是一個喪偶的婦女，在她退休之後，不知怎麼忽然迷上了跳舞。她每天都穿得漂漂亮亮，早上去公園跳舞，晚上去舞廳跳舞，好像退回到年輕的時代。這一年的冬天，她又去跳舞，雖然天氣寒冷，可她依然穿著一條寬羅的曳地長裙。當她穿過馬路的時候，橫馬路上拐出一輛載重卡車，擦身而去，本來是沒事的，可是偏偏掛住了她的裙裾，將她帶進車底，葬身輪下。倘若她要不穿這條裙子的話，不就是沒事了嗎？況且她這個年紀，不穿裙子也罷了，又是在冬天。你說她是不是死在這條裙子上的？

老李的故事眞是叫我吃驚，故事本身自然也不錯，可更難得的是它對王琦瑤命運的象徵，準確得一針見血，你說老李深刻不深刻？

有一天，血液科病區有一個病人墜樓自殺，老李來報告時，其實我早一天已經知道，她就問我爲什麼不說，我說我不願意議論這件事。老李用奇怪的目光看我一眼，對著窗口出了一陣神，然後突然回過身走到我的床前，對著我說：你說你怎麼能不生病，你這樣敏感脆弱，卻偏要去寫那些殘酷的事情，這不是自我虐待嗎？

這一回就輪到我用奇怪的眼神看她了，我想，這個老李可眞不簡單呀！她這個診斷幾乎是可針對所有創作與創作者的關係，她一語道破了這種關係中的痛苦底蘊。

記一次服裝表演

年前，在上海展覽館，看了一場奇特的服裝表演，「模特兒」們都已人到中年甚至老年，從四十二歲直至七十四歲。她們穿了自己設計剪裁的衣服，隨著迪斯可音樂走在長長的紅色地毯上，操著沒有訓練的樸素的步子，面帶羞怯而勇敢的微笑。她們逐漸地鎮定下來，有了自信，她們的腳步漸漸合拍，注意到了觀衆。觀衆大多是她們的丈夫和孩子，丈夫和孩子微微吃驚地而也有些羞怯地微笑著。台上台下，他們彼此都有一些害羞，他們從來沒有試驗過在這樣一個場合裡會面，彼此都有些不認識了似的。起初，他們都不好意思交流目光。而漸漸的，他們都勇敢起來，好像都暗暗鬆了一口氣。她們開始向他們炫耀，她們忽然發現，她們竟還能夠向他們炫耀，她們心中生出了年紀輕輕的虛榮心，決心再一次地征服他們，而他們則有些目瞪口呆。幾十年歲月的磨蝕，他們幾乎忘記了她們是女人，她們對他們稔熟得只成了一樁習慣。她們排列著一行隊伍，輪番向他們進攻，她們已經將迪斯可的音樂踩得很準，臉上的笑容逐漸熱烈，有些無所顧忌。她們起先是用目光襲擊，然後挺起了胸膛，她們踩著紅色的地毯，向他們婷婷而又炯炯地走去。他們招架不住了似的，他們投降了似的放鬆下來，也不再害羞，甚至有些「厚顏無恥」地盯著他們的女人。他們想到：這是女人們，而她們也想到：她們是女人。她們好像已經將這點忘了很久，她們在沒有性別的服裝裡忘記了自己的性別，她們在沒有性別的負荷裡消滅了自己的性別，她們沒有性別地度過了她們最好的歲月，她們幾乎結束了女人最好的歲月而忽然記起了她們是女人。

女人們穿著男人們爲她們挑選的夜禮服，金光熠熠地向我們逼近，在這一個音樂廳裡還沒有完全安靜，宴會廳裡還沒有普及暖氣和空調，人們還沒有充分的想像力爲生日召開一個晚會，而她們已沒有足夠的時間和耐心等待這一切的時候，這大約是她們穿這夜禮服唯一的夜晚，這大約是她們生平裡唯一的金光熠熠的夜晚了。她們在她們唯一的夜晚裡，炯炯逼人地走來，從長長的紅地毯上走來，向她們的丈夫和孩子走來，她們是走過了多麼漫長的沒有風光的道路，才走上了這條紅地毯的。音樂越來越激越，熱情地鼓勵她們並且安慰她們，她們臉紅了，她們淚光閃閃了，而大廳裡燈火輝煌。

陝南村一家

上海電視台拍攝我寫的電視劇《追捕》，借用陝南村一家的公寓作實景地。這一家的主人是一位醫生，北京人，說一口清脆流利的北京話，平時對文學想是很注意，竟也知道我，並且知道我的母親茹志鵑。一個星期天，我去拍攝地看熱鬧，只見他們家裡翻天覆地，擠滿了人和東西，家具挪開了原位，服裝堆了滿床，使人想起「文革」中抄家的那一幕。導演領我去拜見主人，走了幾個房間沒有見到，後來他從洗手間走了出來。我說：「實在對不起，把你們家弄成這個樣子。」他先沒說什麼，然後說：「總要讓人有個待的地方吧！」四下裡確實沒什麼可以讓人安心待的地方，燈光忽明忽暗，十分騷擾。主人他稍稍平息了一下心情，就提了一個布兜說：「你們工作，我出去了。」見他逃難似地擠出門，下了樓梯，我心裡很是歉疚。這家的女主人耐心要好得多，她能夠在最混亂的地方找一個棲身之處安靜地休息，同時不動聲色地照管著她的家，她有時還饒有興趣地欣賞監視器裡的圖像，有一種既來之則安之的態度。他們家是經常被挑選作電視電影的實景地的，因他們的公寓於上海中產階級是一種代表，於是她的見識就很廣。她告訴我拍電影和拍電視是不同的，拍電影不用監視器，但需用筆在地上劃出表演區。這家的女兒從一早就將自己鎖在另一間屋裡，再也不出門來，據說是在裡面織毛衣。任憑外面亂成什麼樣子，她自巍然不動，心理素質要勝過老先生一籌。最爲高興的是女兒的女兒，一名一年級中學生，圓鼓鼓的臉頰，腦後紮一束馬尾，總是尋找最混亂的地方做作業，一邊叫道：吵死啦，吵死啦！當她遇到難題的時候，就有化妝、服裝、製片等三四個大人圍上前去幫忙，替她在草稿紙上演算，而她則極端痛苦地抱怨，讀書是多麼該死的事情！讀書是她最痛恨的事情！她還一邊抄著英文單字一邊和攝製人員逗嘴，一句去一句來。每個走過她身邊的大人，都要摸摸她圓圓的腦袋，揪揪她的馬尾。中午吃盒飯的時候是她最激動的時刻，盒飯常常帶有一種遠足與旅行的氣氛，她便跑裡跑外的，捧著一個盒飯。我想到這正是臨屆期末考試的日子，學生們都在專心讀書。在陝南村的拍攝順利結束了，我還時常想起他們一家，想的比較多的是那一個中學生，不知她的期末考試，考出了一個什麼分數。

上海的女性

上海的女性心裡都是有股子硬勁的，否則你就對付不了這城市的人和事。不知道的人都說上海話柔軟可人，其實那指的是吳語，上海話幾乎專挑吳語中硬的來的。用上海話來敘愛幾乎不可能，「喜歡」比「愛」這個字還溫存些，可見上海的「愛」是實在的「愛」。上海話用來說俠義倒是很好，都是斬釘截鐵，一錘子定音的，有著一股江湖氣。因此，說上海話的女人就總有著些俠士的意思，和男人說得上話來，說的不是你我衷腸，而是天下道理。不知道的人還說上海女性婉約，那也是指的吳越風氣，上海女性是挑吳越中最硬的來的。她們的硬不一定是在「攻」字上，也是在「守」，你沒見過比她們更會受委屈的了，不過不是逆來順受的那種，而是付代價，權衡過得失的。你決不能將她們的眼淚視作軟弱，就是這道理。

切莫以爲有那幾行懸鈴木，上海這城市就是羅曼蒂克的了。這裡面都是硬功夫，一磚一瓦堆砌起來。你使勁地嗅嗅這風，便可嗅出風裡的瀝青味還有海水的鹹澀味，別看它拂你的臉時，很柔媚。爬上哪一座房子的樓頂平臺，看這城市，城市的粗礪便盡收你眼，那水泥的密密匝匝的匣子，蜂巢蟻穴似的，竟有些猙獰的表情。你也莫對那二十年、三十年的舊夢有什麼懷想，那只是前台的燈火，幕後也是這密密匝匝的蜂巢蟻穴，裡頭藏著的，也是咬牙切齒，摩拳擦掌的決心。這地方眞是沒多少詩意的，歌也是那種打夯的歌。你只有看見工地上徹夜通明的燈，這裡不響那裡響的打樁機聲，你興許還會感動一下，有一些激越的情感湧上心頭。這就是這城市創世紀的篇章，是要從宏觀著眼的。而在那水泥夾縫般的樓底街道上蠕動的如蟻的人生，你要他們有什麼樣的詩情？

這裡的女性必是有些男子氣的，男人也不完全把她們當女人。奮鬥的任務是一樣的，都是要在那密密匝匝的屋頂下擠出立足之地。由於目標一致，他們有時候可做同志，攜手並肩地一起去爭取，有時候可就成了敵人，你死我活的，不達目的誓不休。這種交手的情景是有些慘烈，還有些傷心，因爲都是渺小的人生，在可憐的犄角裡，周轉不過身來，即便是勝也勝不了幾寸，敗卻是不能敗的。這地方的男人也是用不上男子氣的，什麼都得伏小屈就，蜷著地來，也難怪不把女人當女人。雙方勢均力敵，一樣的無倚無賴，白手起家，誰也讓不得誰。要說男女平等，這才是同一地平線上，一人半邊天。嚷著「尋找男子漢」的大多是那些女學生，讀飽了書撐的。凡是浴血浴淚過來的，找的不是男子漢，是那體己和知心，你攙我，我攙你的。要說都是弱者，兩條心扭成一股勁，就是這地方的最溫存和最浪漫。

要寫上海，最好的代表是女性，不管有多麼大的委屈，上海也給了她們好舞台，讓她們伸展身手。而如她們這樣首次登上舞台的角色，故事都是從頭道起。誰都不如她們鮮活有力，生氣勃勃。要說上海的故事也有英雄，她們才是。她們在社會身分的積累方面，是赤貧的無產者，因此也是革命者。上海女性中，中年的女性更有代表性，她們的幻想已經消滅，緬懷的日子還未來臨，更加富於行動，而上海是一個行動的巨人。她們正是在命運決定的當口，她們堅決，果斷，嚴思密行，自己是自己的主人。說她們中年，她們也不過是三十歲上下的年紀，正是經驗和精力都趨向飽滿的時候。她們沒有少女的羞怯和孤芳自賞，也沒有老年人那般看得開，她們明白，希望就在自己一雙手上。她們都是好樣的。

可是，她們卻滿足不了你浪漫主義的內心追求，她們太務實了。這地方的生存太結實了，什麼都是鏗鏘有聲，沒有昇華的空間。也許你只有從大處著眼，去俯瞰那晝夜工作的工地，那裡有一種聚集起來的激情。可你掌握那還有待時日，現在你則是俯手撿拾的日子。將那些零散在局部的熱和力收集起來，準備著下一次的超越。

搬家

最早，我們家是住在淮海中路。過去，這是法租界中最富貴而上等的馬路。最早叫寶昌路，寶昌是法公董局中的一位法籍董事。開闢此路時，他正榮任總董。一九一四年，歐洲大戰爆發，在一八八五年曾來過上海的霞飛，此時榮任法國東路軍總司令，瑪納一戰挽救了法國的危亡。寶昌路便改名爲霞飛路。歐戰終了，霞飛上將於一九二二年來上海觀光，據說當時霞飛路上好一番盛況。

我們家住在淮海中路上最繁華的一段，我們弄堂的左右有著益民百貨商店，百樂照相館，長春食品商店，大方綢布商店，世界皮鞋店，上海西餐館，鳳凰食品商店，新世界服裝商店——這裡的服裝，可說是領導著上海服裝時代新潮流。再拐個彎，便是錦江飯店，那一條林蔭道，奇蹟般地在這擁擠的鬧市鋪下了一路寧靜。弄堂口是一個小學，我的母校。前邊是一大片街道花園。弄堂直對著思南路，路口是一個有著自動售票機的郵局——多年以後，我到一個家住虹口區的朋友家玩，她鄭重其事地帶我去她家附近的郵局參觀新裝置的自動售票機。這時候，我才明白，那自動售票機並非與生俱來，也明白了小小一個上海之中的偌大距離。

我們家住在這條弄堂裡。這條弄堂有前後兩排房子，總共是十幢。只是在多年以後，會看房票了，才明白這種房子叫新式里弄房子，規格是鋼窗、蠟地。每幢房子還有一個不大不小的花園。房子並不舊，卻已經不太堅固了。地板鬆動，樓上走路稍放肆一些，樓下天花板便會震落一片石灰。十分潮濕，一種名叫「黏黏嚕」的動物十分猖獗，到處亂爬，所經之路，都留下一條銀色的黏液。有一次，竟爬到了我的枕頭上，還有一次，竟爬到了隔壁阿娘的醬碗裡。後來，聽一位無所不知的朋友說，造這條弄堂的時候已臨近解放，那老板聽得了風聲，便偷工減料，敷衍了事。於是留下了這許多後遺症。

這裡的居民深居簡出，連小孩子都不輕易在弄堂裡露面。弄堂很寧靜。

弄堂的頭一號是個派出所，它給了我們安全感，這裡從來沒有發生過任何偷盜搶劫。當這派出所遷址之後，便立即有一個小偷來偷我家保母晾在院子裡的一塊布料。不過，派出所還給我們這寧靜的弄堂帶來了熱鬧。有一次，派出所裡送來一個被遺棄的孩子，一歲多的模樣，瘦得三根筋挑著一個頭，一絲不掛地坐在警察的辦公桌上，一根接一根地吃著一個老太太給他的刀豆。派出所裡有一個大塊頭警察，喜歡和小孩子開玩笑，那年大煉鋼鐵，派出所也在弄堂裡砌了個煉鋼爐。至今還記得大塊頭被爐火映紅的臉膛。

就在那年，將我們的鐵窗鐵門都拆去煉鋼了，還將弄堂裡的一堵牆拆了，於是，我們的弄堂便與隔壁的弄堂相通了。

從那弄堂裡傳來許多故事，那是與我們的故事很不一樣的故事！自然災害的那年，一對夫妻爲了幾張肉票吵起來，那女人夜裡上吊自殺了，據說她的舌頭拖出很長。那弄堂裡有一個神經病，大家都叫他「皮帶」。他終年穿一件大棉袍子，剃個光頭。嘴裡總是念念有詞，據說是在念俄語。他有一口流利的俄語，並且，似乎，有人說，他的名字並不是「皮帶」，而是一個外國名字，「彼得」。他原本是大學生，功課極好，後來不知怎麼發了瘋，現在就住在樓梯下的三角間裡。那弄堂對於我們，始終有一種神秘而恐怖的氣氛。夜裡，我從不敢單獨一個人走過弄堂回家。有一次學校裡搞活動，很晚才回來。其實爸爸早已在弄堂口等著了，可就在走進弄堂的這一瞬間，他忽然進了公共廁所。我一走進黑暗的弄堂便不由自主地尖叫起來。那淒厲的叫聲驚動四鄰，一整條弄堂都騷動起來了。

那弄堂的孩子喜歡來我們弄堂玩，因爲他們那裡太擁擠，太狹窄，人卻多，遠遠望過去，總是有滿滿的人，在那裡活動。男孩子總是來踢球，哇啦哇啦的喊著。而球總是容易踢進我們的院子，他們便爬上牆頭，先看看。見沒人就跳了下來，把球拾起來，再爬出去。拾球的時候，免不了要伸頭探腦東張西望一番。我想，我們的生活對於他們也同樣是神秘的。有一次，家裡沒人，只有我一個人躺在床上午睡，一個小男孩子便推門進來了。看到沙發上有許多小書，他便坐下來看書。我叫他出去，他說：「等一等，讓我再看一本。」而我如臨大敵般地大叫起來，尖叫聲把樓上的阿婆，隔壁的阿娘都引來了，最後大家合力把他攆了出去。

似乎是在那一堵牆拆除的第一天起，我們誰都還沒有認識誰，卻已經有個芥蒂。他們罵我們「小阿飛」、「嗲妹妹」，而我們背地裡統稱他們爲「野蠻小鬼」。在自己的弄堂裡，我們不怕他們，我家保母對付他們的武器是一桿長長的晾竿。但一出自己的弄堂，我們就不行了，常常在他們的吶喊追擊下潰逃回來。

那弄堂的女孩子也愛來玩，她們玩的是另一種花樣：翻跟頭、豎蜻蜓、劈叉、跳鞍馬，那鞍馬自然是由人彎下腰做成的。她們的頭是一個秀麗的女孩子，在區少年業餘體校的體操班，還是學校舞蹈隊的。因此就把所受到的一切訓練毫無保留地傳授給伙伴們了，並且在這裡排練各種舞蹈。我們壓抑不住好奇心，站在三樓的陽台上看。三樓有一個和我差不多大的女孩子，是我唯一的玩伴。看著她們熱火朝天地玩，心中是又羨慕又妒忌。要知道，我們時常在三樓跳舞。亂跳，想到哪跳到哪。雖沒有正規的訓練，倒都是即興的，根據收音機裡的音樂。頗接近鄧肯的現代舞精神。只是樓下的一位頗有名氣的音樂家遭了殃。他的天花板總是不停地往下落石灰。他終於忍不住，把我們叫下去，教育了一番，要求我們不要再影響他工作。他一點都不明白，我們的事業和他的工作實際上是一致的。面對著這群弄堂藝術家，我們的舞蹈顯然顯出了不正規。心裡妒忌得難言，終於有一天，下樓去，走過我家的院子，打開大門，去爭奪地盤了。「我們要跳橡皮筋。」我們說。

後來，搞「文化大革命」了，經過一段很複雜的日子。我們彼此終於認識了，互相的好奇心終於得到了滿足。尤其是那個會跳舞的女孩子，終於得以來我們家作客，自然是在父母都不在家的日子裡。她把他們弄堂裡的種種事情講給我們聽，還教我們跳舞。我們的舞蹈終於走上規範化的道路，不過，那劈叉是再也劈不下去了。

這些年間，我們家的人口有了增進。爸爸從南京調回了上海，又有了小弟弟。原先的一大一小兩個房間便擁擠起來。一九七四年秋天，我們搬家了。離開了這條我們住了十九年的弄堂。據媽媽說，我們住進這裡時，我一歲，搬走時，我正滿二十歲。

我們從淮海中路搬到了愚園路。

愚園路在淮海中路的西邊。很久以前，據說人們都稱愚園路是上海精華之所在，甲第連天，盡是鐘鳴鼎食之家。可是「八一三」之後，便漸漸沒落，而法租界一帶，則興旺了起來。

我們家所在的愚園路是在靠近靜安寺的那一段。靜安寺也可算是上海一大古蹟。俗話說，南有龍華寺，北有靜安寺，都是千年上下的古剎。很久很久以前，寺前還有一條濱，名叫蘆蒲沸井濱，這濱有一個傳說。說是宋代有個和尚名叫智儼，在濱前遇到一個賣蝦人，智儼和尚向他討了一斗蝦，說日後付賬。然後便和著濱裡的水將蝦吞了下去。不曾想日後，他仍沒錢付賬，便對那賣蝦人說：「我付不出錢，還你蝦罷了。」說著便喝下水，吐出了活蝦。那吐出來的卻是無芒蝦了。自此以後，這條濱裡竟是無芒蝦了。後來，民國八年，工部局把這濱填了，無芒蝦便絕了跡。不過，靜安寺依然安在，每年四月初八浴佛日，靜安寺尤其熱鬧，各處小販，設著攤頭在寺的附近，來趕臨時的營業。家用物品、鐵木農具，應有盡有，最多的是素食攤和香火攤。

而到了我們搬往靜安寺附近以後，那靜安寺早已關了山門，門口掛著某某辦事處的木牌，偶爾開了半扇門，只見裡面人影綽綽，鬈髮，革履，說說笑笑，不像吃齋的人。寺邊不遠處，便有一個鮮肉店鋪。

不過，靜安寺依然是熱鬧的。老大房點心店，老松盛酒家，綠村酒家。交通尤其便利，許多許多條汽車線路伸向這裡，實在是上海的中心。然而，總覺著靜安寺有點土俗，像是比淮海中路落後了數十年，儘管這裡的郵局也有自動售票機。偶爾回老房子看望老鄰居，才發現，淮海中路的女孩子穿著打扮，走路行動，都有了一種非凡的風度，似乎連長相都不同尋常。

我們的弄堂是一條很大的弄堂，有一百多號門牌，一頭通南京西路，一頭通愚園路，倒是鬧中取靜，得著兩樣便利。房子的規格要比我們的老房子低一檔：木門木窗，單開間，前邊一個大房間，後邊一個亭子間，亭子間的後窗對著一方陰冷潮濕的天井。後來去參觀魯迅先生大陸新村的故居，發現魯迅先生的房子和我們的房子格式是一模一樣的。這房子據說是在抗戰以前造的，有年頭了，卻仍然十分結實、堅固。地板很穩當，走在上面很踏實。因此，雖不是蠟地，我們也打起了地板蠟。居住比在淮海中路改善多了。

我們住二樓。三樓是一對老夫妻帶著三個兒女生活，後來，他們和別處調換了房子，搬走了：因爲小女兒要結婚，不得已將三間大的調成四間小的。一樓住著一個老太太，兒女都在外地，只有一個小兒子在上海，結婚後住在了女家。不久，兒子想辦法把女方的房子和他這裡的房子調到了一處。他母親已到了朝不保夕的年紀，一旦去了，那房子便難說了。他這麼做是極策略的。只是老太太搬走時灑了好幾回淚，她在這裡住熟了。左鄰右舍時常爲她做事，她是極不願意搬的。他們走了，搬進了另一家人，他們是因爲幾個兒子要結婚，將一處調爲了兩處。他家兒子時常悼念失去了的老房子，那是一處花園洋房，只是小了一些，沒法子。這裡，前前後後，上上下下，充滿了房子的困擾。每家的小院子和曬臺，都搞了違章建築。時常有兄弟姐妹爲了房子爭吵不休。這裡，是要比淮海中路那弄堂嘈雜得多的。

在我們這排房子盡頭有一家人家，兄弟姐妹時常吵架，一吵便吵出了房間，吵到弄堂裡來，聲勢極大。而他家老父親中風去世，家裡倒是平靜得很，無聲無息地辦了喪事，爲老人送了終。想想也是正常，生本是喧鬧而熱情的，死則是安寧。

另一個門牌裡，上下住了五戶人家，爲了廚房，爲了廁所，爲了走道，爲了水，也是吵，因爲吵不出個結果，誰都不願付那水費，叫自來水公司停了水。一戶人家決定退出戰爭，不再使用任何水管，自家在院子裡打了一口機井，另一戶人家自己裝了水龍頭，安裝了小水表，以此劃清界線。可是界線是難以分清的，沒有太平多久，傳言也紛紛起來：有說是那機井直接通水管子，有說是那小水表從來不走。

我們的緊隔壁那家人，一家數口，擠擠地住了一屋。樓梯口的五平方小間，住著他們從外地回來長期病休的兒子。父母辛辛苦苦將他培養上了大學，而後又畢業，終於能解脫了，不料卻雙目失明。我的小屋正好和他的小間隔著牆。我常常把耳朵貼在牆上，妄想聽出一點什麼。我對牆那邊充滿了好奇，全力窺探著那兒的動靜。可是什麼聲音都沒有。只有一次，朦朦朧朧的有收音機的聲音，他在聽收音機？一直到他們一家終於搬走，我也沒有看到過這位雙目失明的大學生。只聽保母說，他比他所有的弟妹都清秀。

在我們家大房間的窗戶前，有一家人，除了冬天以外，他們的活動都是在弄堂裡進行的。早早的起來坐在弄堂裡大聲聊天，呵責孩子，揀菜、燒飯，吵得人也只得陪他們早早地起床。

在我們家亭子間的窗戶對面，有一個少年要考大學，曾對著我外甥揚拳頭呵斥：「你再吵，我打死你。」房子與房子之間狹狹的只有幾米，窗對窗可以聊天，何況孩子大聲地吵鬧。後來，據說他考上了大學，心裡也覺著安慰了一些。

在前前後後的吵鬧難得停息了一會兒的時候，便可以聽得一陣鋼琴聲，鋼琴彈得不好，總是彈一支《獻給愛麗絲》，或是《土耳其進行曲》的頭一段。

通南京西路那一頭，旁邊有一個弄堂。有一天偶爾走了進去，眞正大吃一驚，不料裡面是這樣深長，別有洞天。不再像是城市，而是一個村莊。房屋全是不規則的自家屋，歪歪斜斜，倒也收拾得乾淨，有的在門口安裝了水斗，有的種了花草，有的屋頂上豎著電視天線，有的小院子用磚瓦壘出花邊似的矮牆。牆根坐著曬太陽的老太太。有個好朋友住在這弄堂裡，她告訴我：「你們弄堂裡有個女孩子嫁到了我們這裡，很是嘩然了一陣。那女孩子倒是十分能幹，在我們這裡生活得很好。」

若干年以後，我們姐妹長大了，結婚生子，房子又擁擠起來。最近，終於增配得一小套，讓我分出去自立門戶，我這盆水算是徹底潑出來了。屈指一算，從搬來到搬走，我在這裡整整住了十年。搬走的時候，弄堂對面的烏魯木齊路上，上海賓館已經落成，賓館前的馬路拓寬了，也將像錦江飯店周圍那樣鋪陳開來。對面是一個網球場，網球是時髦得還來不及普及的運動，因此便時常有一些穿著十分歐化的男女青年挾著網球拍走動，爲這裡增添了一些現代化的氣息。而靜安寺前，則掛起了另一塊牌子：靜安寺修復委員會。

我順著愚園路向西挺進了。這是一幢新建的工房，鶴立雞群似地矗立在一片平房之中。住慣老房子的人，都是不屑於住新工房的。水泥地，天花板矮，所有的房間，全鎖在一個小小的平面上。對於我們年輕人，卻合適。麻雀雖小，五臟俱全，獨門獨戶，倒也樂意。不少房客，不畏艱難地裝修成拼花地板，再貼上牆布，釘上畫鏡線，就不再像是工房了。

我們的新工房，在一條弄堂深處。這條弄堂名曰弄堂，實質上已是一條不大不小的馬路了。弄堂兩邊大都是自家的私房，有的是矮矮的平房，有的是同樣矮矮的兩層樓房，還有的已經經過了翻造，樣式便新穎多了，有著雕花欄杆的陽台，有的窗戶作出方圓不一的花色。弄堂兩端，各有一家工廠，其中一家已在搬遷，遷廠的起重機、大卡車，把路面壓得坑坑窪窪。一下雨，便積起無數個深淺不一的水塘。因此，人們多是避免走這條路，設法從另一條弄堂穿。那條弄堂又乾淨又寬敞，唯一的缺點是要經過中心醫院的太平間，令人毛骨悚然。到了夜間，便再不敢從這裡走了。遷走這廠，空下地皮，是準備造新工房的。邊上，已開闢出一塊工地，堆著建築材料：磚、石、黃砂。當我們裝修房子時曾動過那黃砂的腦筋。新工房交到房客手裡，實質只是一只毛坯。牆、地全要自己找工人做的。裝修完一套房子後，我的感覺是造了一套房子。做地坪，需要用黃砂拌水泥，建築材料商店倒是有的黃砂賣，只不過要以噸爲單位地出售，而我們只需要幾小桶。於是便想走過那工地時捎點來，無奈那裡蓋了個守料的小窩棚，電燈通夜點著，兩個工人輪流看守，實在無從下手，才絕了念頭。

我們的新工房很奇怪地佇立在公共廁所後邊，一共六層，每層五套，每套有陽台，有廁所，卻沒有廚房，過道便權充廚房了。後來聽說，那設計師也動足了腦筋，本來只打算在每層造四套的，後來，硬是擠出了五套，自然，那廚房是沒了。聽到這裡，大家便不再埋怨，假如是四家而不是五家，誰知道是誰輪不上住這房子呢？

房子正對面就是公用電話間，一共有兩只電話，一是專供打進來，另一只供打出去，不免有點緊張。看電話的是個退休老工人，負責得要命，只要有一個人等著了，他便開始催那個正打著的人：「抓緊點啊！快點啊！公用電話，大家打打啊！」搞得人心慌意亂，再也打不下去。

隔壁是一家知青辦的油條鋪子，幾乎全是女孩子，手腳俐落，乾乾淨淨，炸的油條又大又鬆，上午是油條麵餅，下午是麻花。顧客均是這弄堂裡的居民，彼此熱切地打著招呼。有小孩子來買，她們會幫著把油條瀝乾了揀到籃子或鍋子裡；假如沒帶家什，她們會幫著把滾熱的油條裹在麵餅裡，裹得熨貼得很。每天一早，這裡就排起了隊，在這支隊伍的不遠處，還有一支隊伍，排在公共廁所門前。

弄堂盡頭是老虎灶，早上四點到晚上九點，常常沒有人在，門開著，灶裡的水滾開著，灶台上放著盛水牌的盆子，自己打水，自己付錢，付多了再自己從盆子裡拿找頭。一派信任，倒叫人不好意思要滑頭了。

弄堂裡的岔口很多，每一個岔口都通向一個意外的所在。我們房子對面的岔口，通到了一條街，那裡有米店和醬油店。丈夫去買了幾回米和油鹽，那老頭便與他搭訕起來，有一次請他喝感冒沖劑，有一次告誡他不要買那零售的辣醬油，一點不怕少做了生意，另有一次，在路上碰到，竟像熟人一樣打起了招呼。走過米店，又能走到一個菜場，那拐彎處，總有一個搖著輪椅的年輕人在太陽下看書，像一個路標似的。

一天晚上，我們摸索著走一條從沒走過的岔路，這條岔路上的房屋都十分破爛，路燈也昏暗。而獨有一個窗口，裡面織著五彩的燈泡，燦爛地一閃一閃，還有搖曳的紅蠟燭，將這扇小小的窗映得紅彤彤，喜洋洋，窗上貼著雙喜。那繽紛璀璨的窗口，使那一街的破舊房子都明亮了起來。後來，白天的時候，我想再去找這一條岔路，卻再沒找到這個瑰麗的窗口。都是矮破而窄小的房屋，門口晾著洗好的衣服，衣服是鮮艷而摩登的。有的屋開著門，門裡有一個穿扮時髦，裊裊婷婷的女孩子，像春光一樣，充滿了這破舊的房子。叫人看了高興，又有點不忍。

老虎灶邊有一個岔口，可以通向江蘇路。有一日早上，我走過那裡去買菜，見一個小青年正在裝修房子，把自家的臨街房屋改裝成店面。下午又一次走過那裡去買電影票，見那小店已經初具規模，是一個小小的照相館。晚上，去看電影，再一次經過，照相館已經裝飾一新，門口掛起了營業的牌子，明天就開業，上午九點至下午七點。旁邊是宣傳海報：內有義大利城堡等各種布景，備有戲裝、武術用具，可拍攝各種藝術照片。江蘇路上就此多了一個照相館。

新工房周圍既是喧鬧的，又是僻靜的。兩站路方圓以內沒有一家電影院和戲院。而在弄堂口，卻有一支「阿西樂隊」。幾個小伙子，彈著吉他，拉著小提琴，打著沙球，唱起了流行歌曲。唱得很不俗，自然、新奇而有感情，陪襯著四下裡打撲克和宵涼的人們，分外顯出了青春和活力。因爲看過日本電影《阿西門的街》，私下裡我就把他們叫作「阿西樂隊」。後來，到了冬天，有一次我看見他們站在凜冽的寒風裡，抖索著：「上哪兒去呢？」「去廠裡吧？」「恐怕已經關門了。」「上哪兒去呢？」「那上哪兒去呢？」心裡不由一陣難過。如今春暖了，我盼望能在街口看到他們，聽到他們的歌聲。

這裡的夜晚，很寧靜，人們早早就關了燈，似乎仍然是日出而作，日落而息。黑影地裡，常常有一對對男女青年在戀愛，不知從哪兒散步過來的。這是個談情說愛的好地方，光線幽暗而隱蔽處多。遠遠的，工地那裡有一盞燈光照著磚、水泥、黃砂。

據說，這裡將要全部拆遷，造起兩排新工房。我們的新工房是頭一幢了，撞入到這鄉村似的弄堂裡來。這裡的居民對我們還不習慣，走進走出，總有許多探詢的眼光。我們也不習慣他們。慢慢來吧！慢慢的，就會好的。

兩次搬家，一次比一次遠地離開了市中心，一次比一次近地伸向了城市的邊緣。離開住熟慣了的市中心，未免有點遺憾。然而不管怎麼說，想想過去居住的侷促，如今是闊綽多了，也就不必遺憾了；再說，還有那更邊緣的地方呢；並且那邊緣是不斷往外擴著推著。據說，在那邊緣的地方管我們這裡叫「上海」，似乎他們並不是在上海。不過想想也沒什麼奇怪，上海本是由一塊不是上海的地方變作的。

上海與北京

上海和北京的區別首先在於小和大。北京的馬路、樓房、天空和風沙，體積都是上海的數倍。刮風的日子裡，風在北京的天空浩浩蕩蕩地行軍，它們看上去就像是沒有似的，不動聲色的。然而透明的空氣卻變成顆粒狀的，有些沙沙的，還有，天地間充滿著一股嗚聲，無所不在的。上海的風則要瑣細得多，它們在狹窄的街道與弄堂索索地穿行，在巴掌大的空地上盤旋，將紙屑和落葉吹得溜溜轉，行道樹的枝葉也在亂搖。當它們從兩幢樓之間擠身而過時，便使勁地衝擊一下，帶了點撩撥的意思。北京的天壇和地壇就是讓人領略遼闊的，它讓人領略大的含意。它傳達「大」的意境是以大見大的手法，坦蕩和直接，它就是圈下泱泱然一片空曠，是坦言相告而不是暗示提醒。它的「大」還以正和直來表現，省略小零小碎，所謂大道不動干戈。它是讓人面對著大而自識其小，面對著無涯自識其有限。它培養著人們的崇拜與敬仰的感情，也培養人們的自謙自卑，然後將人吞沒，合二而一。上海的豫園卻是供人欣賞精微、欣賞小的妙處，針眼裡有洞天。山重水複，作著障眼法，亂石堆砌，以作高樓入雲，迷徑交錯，好似山高路遠。它亂著人的眼睛，迷著人的心。它是炫耀機巧和聰敏的。它是給個謎讓人猜，也試試人的機巧和聰敏的，它是叫人又驚又喜，還有點得意的。它是世俗而非權威的，與人是平等相待，不企圖去征服誰的。它和人是打成一片，且又你是你，我是我，並不含糊的。

即便是上海的寺廟也是人間煙火，而北京的民宅俚巷都有著莊嚴肅穆之感。北京的四合院是有等級的，是家長制的。它偏正分明，主次有別。它正襟危坐，愼言篤行。它也是叫人肅然起敬的。它是那種正宗傳人的樣子，理所當然，不由分說。當你走在兩面高牆之下的巷道，會有壓力之感，那巷道也是有權力的。上海的居民是平易近人的，老城廂的板壁小樓是可上演西門慶潘金蓮的苟且之事。帶花園的新式里弄房子，且是一枝紅杏出牆來的。那些雕花欄杆的陽臺，則是供西裝旗袍劇作舞臺的。豪富們的洋房，是眉飛色舞、極盡張揚的，富字掛在臉上，顯得天眞浮淺而非老於世故，既要拒人於門外，又想招人進來參觀，有點沉不住氣。

走在皇城根下的北京人有著深邃睿智的表情，他們的背影有一種從容追憶的神色。護城河則往事如煙地靜淌。北京埋藏著許多輝煌的場景，還有驚心動魄的場景，如今已經沉寂在北京人心裡。北京人的心是藏著許多事的。他們說出話來都有些源遠流長似的，他們清脆的口音和如珠妙語已經過數朝數代的錘煉，他們的俏皮話也顯得那麼文雅，罵人也罵得有文明：瞧您這德行！他們個個都有些詩人的氣質，出口成章的。他們還都有些歷史學家的氣質，語言的背後有著許多典故。他們對人對事有一股瀟灑勁，洞察世態的樣子。上海人則要粗魯得多，他們在幾十年的殖民期裡速成學來一些紳士和淑女的規矩，把些皮毛當學問。他們心中沒多少往事的，只有二十年的繁華舊夢，這夢是做也做不完的，如今也還沉醉其中。他們都不太慣於回憶這一類沉思的活動，卻挺能夢想，他們做起夢來有點海闊天空的，他們像孩子似的被自己的美夢樂開了懷，他們行動的結果好壞各一份，他們的夢想則一半成真一半成假。他們是現實的，講究效果的，以成敗論英雄的。他們的言語是直接的，赤裸裸的，沒有鋪墊和伏筆的。他們把「利」字掛在口上，大言不慚的。他們的罵人話都是以貧為恥，比如「癟三」，「鄉下人」，「叫花子吃死蟹——隻隻鮮」，沒什麼歷史觀，也不講精神價值的。北京和上海相比更富於藝術感，後者則更具實用精神。

北京是感性的，倘若要去一個地方，不是憑地址路名，而是要以環境特徵指示的：過了街口，朝北走，再過一個巷口，巷口有棵樹，等等的。這富有人情味，有點詩情畫意，使你覺得，這街，這巷，與你都有些淵源關係似的。北京的出租車司機，是憑親聞歷見認路的，他們也特別感性，他們感受和記憶的能力特別強，可說是過目不忘。但是，如果要他們帶你去一個新地方，麻煩可就來了，他們拉著你一路一問地找過去，還要走些岔道。上海的出租車司機則有著概括推理的能力，他們憑著一紙路名，便可送你到要去的地方。他們認路的方法很簡單，先問橫馬路，再弄清直馬路，兩路相交成一個坐標。這是數學化的頭腦，挺管用。北京是文學化的城市，天安門廣場是城市的主題，圍繞它展開城市的情節，宮殿、城樓、廟宇、湖泊，是情節的波瀾，那些深街窄巷則是細枝末節。但這文學也是帝王將相的文學，它義正辭嚴，大道直向，富麗堂皇。上海這城市卻是數學化的，以坐標和數字編碼組成，無論是多麼矮小破陋的房屋都有編碼，是嚴絲密縫的。上海是一個千位數，街道是百位數，弄堂是十位數，房屋是個位數，倘若是那種有著支弄的弄堂，便要加上小數點了。於是在這城市生活，就變得有些抽象化了，不是貼膚的那種，而是依著理念的一種，就好像標在地圖上的一個存在。

北京是智慧的，上海卻是憑公式計算的。因此北京是深奧難懂，要有靈感和學問的；上海則簡單易解，可以以理類推。北京是美，上海是管用。如今，北京的幽雅卻也是拆散了重來，高貴的京劇零散成一把兩把胡琴，在花園的旮旯裡吱吱呀呀地拉，清脆的北京話夾雜進沒有來歷的流行語，好像要來同上海合流。高架橋，超高樓，大商場，是拿來主義的，雖是有些貼不上，卻是摩登，也還是個美。上海則是俗的，是埋頭做生計的，螺螄殼裡做道場的，這生計越做越精緻，竟也做出一份幽雅。這幽雅是精工車床上車出來的，可以複製的，是商品化的。如今這商品源源打向北京，像要一舉攻城之戰似的。

海上的繁華

尤其是在夏季。

燈光將街市照成白晝，再有霓虹燈在其間穿行，光和色都是濺出來的。在這光明和繽紛的穹窿之上，天空顯得格外的黑暗和虛無，月光和星光都無用了，幫不上一點忙。可這不要緊，街市的光色足夠我們享用的了。你看那紅男綠女，就像水底的魚一樣，徜徉在夜晚的街市。他們進出於飯店，酒樓，咖啡座，保齡球館，歌舞廳以及各種專賣店，或是在街頭磁卡電話亭裡談笑風生。這街市白天不怎麼樣，一到晚上便活了過來，連街面的地磚都鍍了光，人影綽綽，躍躍然的。此間的繁華眞是了不得，開了鍋一般，好東西好事情都擠成一堆了，盛也盛不下，要溢出來了。

有沒有誰注意過，在這如錦如繡的街市裡，還有著另一類人物。他們的人數雖然不多，只一個兩個的，可卻散布在各處，這裡那裡都有。他們大都是上了些年紀，還跑過些碼頭，這可從他們的相貌和表情看出，那就是身處鬧市不驚不咋。他們是吃過了晚飯，喝了少許酒，然後洗了澡，穿了清潔的棉織汗衫和條紋睡褲，腳著拖鞋，手拿一柄蒲扇，慢慢地走在燈光如織的街上，或者停在某一個弄口，和一個舊相識談天。他們臉上笑著，言語慢慢的。他們特別像農民在晚間的鄉場上踱步，看著熱鬧，就像農民看著莊稼。這是這沸騰街市的意外之筆，是浮囂中的沉著之筆，是不諧和音，卻也是寬厚容忍之聲，一點不刺耳，還帶著些幽默，是洞察世故，卻也是熱眼看世界。他們一出場，華燈下的男女就成了著戲裝的戲中人，而他們是看家，華燈下的男女還成了過客，他們是坐莊。燈下的人只管吵吵嚷嚷，走東走西，燈光也是遊走轉動的，不知什麼時候，他們已經逛了一周，回到他們或是在深長狹弄裡的家，或是在街面樓上的家，推開窗戶。這窗戶是爲燻蚊子緊閉一時的，於是，光的流螢湧了進來。不管這些，不一會兒，便進了安詳的睡鄉。所以，倘若你長長耳朵，是可在華彩般的市聲裡，聽見酣濃的鼻息聲的。

等這滿街的人都走盡了，燈光也闌珊了，街面上留著一些紙屑，在微風中漫捲，是過客們的遺物。於是，在如林的招牌和霓虹燈管背後，那些洞開的窗扇裡的鼾聲，便有些呼啊嗨的，此起彼落，囈語也呢喃開了。這時，才是海上繁華夢的開場。

街景

我要寫的這條街，名叫江蘇路。我對它其實並不熟悉，在它附近僅僅居住了數年。只是當某一天，我突然發現它的街面房子拆除一空，露出身後樓房白森森的山牆，它的街景一下子躍出在眼前。

所以我對它不熟悉，還因爲我很少去那裡。我只是有時候走過它的，與愚園路相交的十字路口。因爲從我居住的弄堂後頭，可穿入它的某一條弄堂，這樣大約可節省一站汽車路的光景。上海的弄堂在馬路後面就像一張網，阡陌縱橫，有許多近道可抄。我穿過弄堂，走過它的路口，它的氣息便漫了過來。這是一種很纏綿的氣息，它渲染了我的記憶。

我記得這是一條狹窄彎曲的馬路，挺鬧的。但不是鬧心的那種鬧，而是一種忙碌。這種忙碌又不是緊張，只是手腳勤快，停不下來，停下來就挺造孽的。這種鬧，有點明清的意思，嘩然裡總帶著些節制，不那麼鋪張。市聲呢，以人聲爲主。即便是器械的動靜，也是來自於人的手腳。比如刀在砧板上剁滷雞和滷鴨；錘子敲打鐵皮畚箕，鋁鍋鋁壺；腳踩攪棉花糖機的嘎啦啦響；磨石走在玻璃邊緣的吱吱聲。從這聲音聽，就聽得出是些什麼營生撐世面。

印象中，街面總是漉濕的，太陽也是潮熱的，是南方黃梅天天氣。街兩邊大都是板壁的房子，頂上鋪著黑瓦。太陽就從兩邊的瓦檐之間照進來。二樓窗戶送出晾衣服的竹竿，那一頭就搭在行道樹的樹杈上。窗戶鉤子上，就吊著一只風雞，或者一條腌肉，還有洗淨的拖把，絞不乾的水則滴在底下的人行道上。街面上的水就是這樣來的。但老虎灶也是原因之一。盛開水的水瓶大都塞不嚴瓶塞，一路滴滴嗒嗒的過去。送水的木桶也大都漏水，漏出桶，再漏下轂轆轆的送水車，熱汽騰騰地澆過去。賣雞鴨血湯的小吃店就在街面上殺雞拔毛，血水順了街沿流淌。陰溝又常常是堵塞的，就有通陰溝的工人拖著長長的毛竹片，刬啦刬啦地來了。這裡有一種裸露的風情：腌漬，邋遢，粗鄙，性感。

像它這樣南北向的馬路，往往不是主要的交通幹道，所以就難免是散漫的。行人安詳自若地在馬路中間行走，車就不敢開快。自行車緊按著鈴，也白搭，人們置若罔聞。這裡的居民又特別喜愛在街面活動，老人坐在小凳上剝豆，小學生搭一張方凳寫作業。打牌的，吃飯的，乘涼的，曬太陽的。生活就從門裡蔓延出來，攤到了這裡。這條馬路就有些煙熏火燎的，人氣特別重。連陰了幾天，再出好太陽，只見那家家戶戶的被褥枕頭都攤出來了。鋪在竹榻上，搭在窗台上，曬到下午三四點望裡，藤拍唱哩啪啦一打，滿世界都是乾燥鬆爽的人味。有點狎昵的，但是清潔的氣味。

不過，切莫以為這裡都是些俚俗的生活，在那些低檐窄戶的後頭，背靜的弄堂裡，也蟄居著一些文雅的狷介的人生。只要聽聽那裡的鋼琴聲就知道，手指頭在琴鍵上摸索出沉思的夜曲，還有天井牆上，月光下的爬牆虎的影子。這都是些隱私一樣的情節，藏匿在一扇扇緘默的門窗裡面，是不能作街景的。街景是要用一些厚實的東西做的，要經得起捶打。別看是些破牆爛壁，卻爲那後面的嬌嫩生活擋著風雨。它其實是豁出去的決心，打開了臉面。但時間久了，也磨出了一層皮，或者叫繭子。所以，街景再怎麼都是粗糙的。越是華麗的街景，越是粗糙，帶著些暴力，氣勢洶洶的。在那些燈火輝煌的街景之下，江蘇路就顯得溫柔了。不是優小抑屈，而是生性厚道，沉得住氣。看起來是寒酸，連紮拖把的布條，都專門開出一個鋪子來賣，內裡是沉著和耐心，處變不驚。說它是街景，誰又知道它的心呢？它也是活的，有著自己的一心一意的生計。

現在，它被擴展出一條平坦寬闊的馬路，車輛飛速地行駛，發動機聲盈耳。那擠擠挨挨的街面房子，所形成的綿密的屏障拆除一淨，高大的山牆便矗立兩邊，本來在弄堂深處的庭院也面街而立。從我居住的弄堂穿往江蘇路，那馬路對面弄堂裡的一幢房子，據說是翻譯家傅雷先生的舊居。一九六六年，他和他的妻子，在家中引頸自盡。如今，這弄堂正向著開闊的長安街風的馬路大敞著弄口，沒有任何景物的遮蔽。我想到，那臨街的落地窗裡，會不會就是傅雷先生和夫人棄世的悲慟之地？據說，那一晚，他們一一處理完身後瑣事，囑女僕早些歇息，然後關嚴門窗，拉上窗帘，從容攜手，赴黃泉之路。現在，窗幔被扯開了，大亮於光天化日之下，心裡不由地一陣劇痛。

夕照

要是大好的天氣，太陽斜到地面上的時候，光是極均勻的。不像正午前的，轟然的陽光，沉渣泛起，沸沸揚揚，光和影都是強烈的。這時，卻是沉靜下來，那些最細的光粒子，分布在空氣裡，光是薄薄的一層，卻沒有一點疏漏，連最犄角的旮旯裡，都沒有影，而是光。由於光的細緻，這時的可見度相當高，那些外牆表面上，淡黃色的塗料，都被光分析出顆粒狀的質地，顯出一種毛茸茸的粗糙感。玻璃窗上的光，則是明快的，要是有人在這時推拉窗扇，那窗戶上的反光，便唱啷啷的，不是指的聲響，而是那股子活潑勁。要是老房子，瓦頂裡的雜草，便絲絲可見，間隙裡是緩緩平鋪著的光。人的臉在這時呈現最柔和的線條，是照相裡稱作高光的效果。孩子是不消說了，連老人的佈滿褶皺的臉，也變得清朗細膩了。並不是說，深刻與粗闊的褶皺模糊了，其實反是更清晰了，但這清晰突出了它們的均衡有致，顯得十分流暢。褶痕裡的紋理纖毫畢露，一無暗影，肌膚甚至是嬌嫩的。

在這樣的光線裡，聲音可傳得很遠。誰家在收晾衣服，晾竿清脆地碰撞著，還有拍打曬暄的棉被的聲音，那空而實的唱唱聲，不緊不慢地，一記記地，在住宅區的院子裡，又疏落又飽滿地散開。停在對面樓頂的鴿子，飽食的咕咕聲，也清晰可辨。有腳步聲，即便是鞋跟急驟地敲擊著水泥路面，也還是輕盈和悅的，一串地從樓前到樓後，逐一消失。放學的孩子，聚在樓底的空地上做遊戲，嘰嘰噥噥的私語，雖不知道在說什麼，但那細小稠密的音節，卻一個也不落的，像某一種鳥語。哪怕是在頂層的六樓，也是清清楚楚。要有自行車騎過，那車輪上的飛子，吱啦啦地響過，就特別的悅耳，好聽極了。連那窗臺上蹦跳的麻雀子，那小腳爪子柔軟地落地，都是入耳的，羽翼間的摩擦，悉悉索索的。

這時的陽光也是有氣息的，是被褥的乾燥的含著灰塵的味，還是衣服上新鮮的肥皂味，竹竿子則是清澀澀的氣味。隔宿的潺濕氣曬到此刻，已經散盡掃空，東西原先的氣息，便蓬然而起，四下飛揚。它幾乎是有形的，是一種絨毛狀的東西，使勁地吸一口，幾乎要嗆鼻了。這樣的住宅區，到處是水泥：地坪，樓板，台階，牆，全少不了水泥，要說氣息是單調的。然而，日裡煙燻火燎，夜裡鼾聲鼻息，朝朝暮暮的，早已脫胎換骨，難免有些焐熟的纏綿的濁氣，禁得起這麼好的太陽不歇氣地曬嗎？到了此刻，都是清潔俐落的。水泥的陰涼氣是有些出來，可卻是舒爽的，有冷暖的，染了人氣的，它簡直是帶響的，沙啦啦啦。再過些時，陽光從地面下去，暮色降臨，光，聲，氣息，就全換了顏色。

主人的天空

你有時候會走到這城市的邊緣，陡地感覺到天空變得空廓，高樓大廈消失了，繁華的街市換成寬闊平展的馬路，熙熙攘攘的街景忽然推到遙遠的背後。在這寧靜的空廓中，則有著一種沉底的動靜，它類似和聲中的根音，雖然不成曲調，卻是音樂的地基，規定了旋律的調性。這是一種轟鳴，由於質地的綿密，它便塡平了聽覺的每一道縫隙，所以失去了對比，聽起來就像是無聲。但我想，此地無聲勝有聲，其實就是指的這樣的情景。在這一種壓低的轟鳴之中，有時就會回響出悠揚的汽笛，在這遼闊的天空之下，柔和地激蕩著。它本來是尖銳的，但是因爲空間的大和無礙，就溫和了下來，甚至是顯得委婉了。還有一種冷醒的聲音，是火車車輪撞擊鐵軌的聲響。這是鏗鏘之聲，有著鮮明的節拍，它將這裡的空廓切分開來，將那低沈的轟鳴也切分開來，於是，這空廓就不再是虛空，而是有一種結實、飽滿的質地。但這鏗鏘之聲依然顯得柔和了，在這遼闊的天空底下，再是激烈的衝撞之聲，都會變得輕柔，而且純淨，金屬變成了有彈性的肉體，含有感性的成分。因此，所有的聲響就都變作從歌喉裡唱出的那樣，有著人聲的音質和氣息。

這就是在上海這城市的邊緣地帶的聲色，它們脫離了城市的喧囂，它們似乎與這城市的景象是無關的，它們不禁顯得寂寥。可是，其實是它們，才是上海這城市的基調。上海的甚囂塵上，內裡就是這鏗鏘之響，倘若不是它們，上海的光色便都是浮光掠影。都說上海是風花雪月的，那是它的外衣，骨子裡是鋼鐵與水泥鑄成的。人們總是渲染上海的享樂，可誰瞭解它的勞動呢?那種一磚一瓦,一鑿一捶,那是燕子銜泥,又是一夜換了人間,那粗魯的,又是細膩的,暴烈的,又是溫柔的,果決的,又是纏綿的勞動,是上海眞正的戲劇,亦是上海眞正的主人。所以,這城市地理上的邊緣地帶,其實是城市的核心,許多戲劇性的成因,都是從這裡發端。上海中心地帶的華麗和繁榮,多少帶些海市蜃樓的性質,人物和故事也都是浮面上的,虛擬著跌宕的情節,難免是隔岸觀火。而在那片空曠的天空下,卻行走著切膚痛癢的人生,是主人的勞動的人生和生計。

所以,你應當悉心地聆聽那空曠的天空之下的聲音,聽久了,你就聽懂了這座城市的心聲,這心聲其實並不像這城市表面上看來的那麼華美和輕快。它是負荷沉重的,多少代的文明史壓縮在短短的百年之中,它必得是堅忍的,經得起擊打和變故,它就變得粗獷並且豪放,帶著一股血汗的濃郁氣味。可它決不因此而是麻木和遲鈍的,它甚至是特別善感的,飽含著人間的冷暖。

小品

看相聲演員姜昆寫作的《笑面人生》，有描寫中央電視臺春節晚會的幕後故事：「春節晚會一二三」，其中一個段落爲，「小品新樣式的誕生」，說的是陳佩斯和朱時茂的小品「吃麵條」的產生經過，稱他們二人「開了一代先河」。

其實，在上海市民的娛樂生活裡，「小品」早就有了，不過是叫「獨腳戲」。在電視臺經常播出的獨腳戲中，有一折「看電影」，可稱得上精品。它是諷刺那種看電影不安分的人，先是遲到，再是多話，最後早退。由三個人表演，加上三把椅子。非常簡練，卻富於效果。在上海，也早有一批出色的獨腳戲演員，經久而不衰，極爲受歡迎。我個人以爲，他們幾乎是前無古人，後無來者的。

從資料中得知上海獨腳戲的來歷。它最先是一種單人說唱表演的節目，由一位文明戲的龍套演員王無能開始，所以稱之爲「獨腳戲」，多是在堂會上演出。後來，王無能又約請善演古彩戲法的舞臺同事錢無量聯袂，說學逗唱，再加變戲法，成爲兩人檔的形式，並且正式登報承接堂會。到了一九二七年，藝人江笑笑和鮑樂樂則在上海永安遊樂場登臺。再後來，有一位程笑亭藝人，又給獨腳戲加進了化妝表演的成分，有了人物和情節，實質上已經是滑稽小戲，獨腳戲就此完善成形。上海的滑稽戲便是從這裡起步，而獨腳戲卻始終保持著獨立的存在位置，即使當滑稽戲進入低潮時，獨腳戲還依然活躍著。在老演員笑嘻嘻的文章《漫談獨腳戲及其發展》中，談到獨腳戲繁榮的背景，說道：「因爲當時電臺發展很快，咖啡館、舞廳又引起獨腳戲參加表演，以廣攬生意，使獨腳戲陣地增加。」此種情況，也是和今天小品的熱門相符的。它們都是處於現代傳播飛速進步的時候。

當獨腳戲在上海大撐世面，北京的天橋則活躍著相聲大師侯寶林。同是逗笑，路數卻全不相同。獨腳戲是拳腳並用，四處出擊，相聲則君子動口不動手，限制要嚴格得多，因而難度也大得多了。即便是庶民之樂，北京的天橋也要比上海的大世界優雅。上海是布爾喬亞和無產階級的世界，是比貴族的北京粗魯的。北京的堂會邀的是京劇，上海是獨腳戲。北京的京劇來到上海，就變得拳打腳踢起來：眞刀眞槍的開打，像是功夫片；機關佈景，光電幻術，幾近現代美國音樂劇；連臺本戲則與電視連續劇相仿。而精緻的昆腔卻沒有市場的。做派寫實的麒派大約就是在近代上海才應運而生。據老演員楊華生回憶，馬連良來上海演《群英會》，扮了一個身段，得了滿堂彩，因是麒派身段。馬連良說：到上海演出，不學一點麒派還行！

不曾想，上海的獨腳戲，如今在北京落地生根，不過換了個名目，叫做小品，並且一下子風靡全國，成了群眾喜聞樂見之最。這也是時代的緣故，娛樂生活日益趨向大衆趣味，就像是三十年代新生市民階層蓬勃壯大的上海。文雅含蓄的相聲對於大衆強健而粗糙的胃口，顯然是太不夠滿足和過癮，左右開弓的小品就粉墨登場。

有時候眞覺得電視這東西像一個無底洞，再多再快速的生產也塡不滿它。一個作品誕生，轉瞬間便大江南北，爛熟於心，等不及下一個的來到。娛樂處於這麼一種呑噬般的消費狀態，不得不拆籬塡溝，破門翻牆，常言道：走出禁區。也是世界潮流，象牙塔裡的古典音樂，都有那個理查·克萊德曼變奏成流行曲了。什麼都是朝不保夕。小品確實要比一句去一句來的相聲活絡得多，手腳鬆動，打得開點。可是，藝術畢竟是來自限制的，倘若取消了限制，藝術便也不復存在。因此，小品的時代既然已經來臨，索性爲它健全制度，完善體系，使之成爲一門眞正的藝術。當然，說來容易做來難，好在，小品也不是沒有傳統的，有上海的獨腳戲做前輩呢！不妨去向它學習取經，因它到底經過了稱得上繁榮的年代，有著一批相當精良的段子，而那些幾十年磨一劍，身懷絕技的老演員們，不免是走一個少一個。比如，袁一靈，我們再也聽不到他那「括辣松脆」的「金鈴塔，塔金鈴」了。

上海方言劇裡的人生

四顧左右，大約還沒有類似上海方言劇的戲種，是將這麼近在眼前的生活搬上臺去的。那都是在你家隔壁，或樓上樓下，並且不是十年前五年前，僅只是昨天晚上。它還等不及你對這生活作出評價，拉開批評的距離，就已經再現眼前。由於它是用上海這種方言演出的，它甚至還無法拉開審美的距離。上海方言是這樣一種功用性的語言，它是專門用於實際生活的，並且，是巷里人家的實際生活。它論的是生計，卻不是質樸到根本，有吃還是沒吃，有活還是沒活，那就要出哲理了。它論的是溫飽的質量，講究些價值體現，卻又不是精神內容的，那也要出哲理的。這種方言裡，描述心情、思想、道德一類精神修養的辭彙極少，基本上無法務虛。所以，便可以想像上海方言劇，也就是人們俗稱的滑稽戲是怎樣的面貌了。

像這種實打實的戲劇，倒是談得上活生生的。不管那劇作者最終要表達一個什麼樣的道理，戲劇過程裡透露的卻都是些不成禮數，有些蠻的，還有些不知恥的，因爲天眞和坦率，倒叫人不計較了。這是可以窺出上海人的人生觀念的，雖然是未加總結，有些零亂，卻是眞東西。這戲所以稱得上「滑稽」，在我看來，不在於幽默的言辭，上海方言也談不上有什麼幽默，它是直筆筆的，至多油嘴滑舌罷了。它的幽默是在它對人對事的態度，那麼豁達，而這豁達完全不是因爲眼光遠，恰是眼光近。那麼簡明扼要，也不是因爲想得深，而是想得淺。它那麼不成體統，又不是因爲叛逆精神，反是順勢順情。每逢看到這裡，禁不住就要哈哈大笑。有一齣戲裡，獨生子炒股票輸了，絕望之下跳了樓，老子聽到消息，怔了一會兒，忽然轉頭對觀眾說：好，這下絕子絕孫了。你說你能不笑嗎？

這種人生觀是談不上有什麼理想的，所以它不是高尚的人生觀。可它有它的好處，那就是不虛無。它每一天都有每一天的事情做，沒有目標，卻有著計劃。眼睛只看那些看得見的，握不著的不去想，握得著的便是盈盈一把。它是實惠，過的是小日子，可是許多大世界，倒是它們聚沙成塔地壘起來的，比如上海這城市。所以，這人生觀還是勤勞，難免是有些盲目，做起來再說，可做到頭來總歸有收成。有時候我們也需要這個，它可以把我們從渺茫中拯救出來。它確是不昇華，可它也絕不墮落，它攀附的是中間的那一塊地方，上下兩頭都是太抽象。因此，它們也是有道德的，它們不會允許淪喪，從它們的實惠著眼，也是要保持自律的。它們在小地方很計較，一分一厘都算得很精細，但在大的方面，比如人生，它們倒並不計較得失，不算這本賬的，所以它們才能看不破。

這樣，上海的方言劇雖然是低俗的，卻也能給人力量，它讓人窺眼在人生的實處，那些抓撓得著的地方。這其實也是需要有信念的，信念是把眼下的每一日過好，積攢起來，不就是個人生長度？不信，你就去看一回滑稽戲。

上海和小說

上海這城市在有一點上和小說特別相投，那就是世俗性。上海與詩、詞、曲、賦，都無關的，相關的就是小說。因爲它俗，也是民主的另一面，消除等級差別，難免沉渣泛起。它的閑心不是藝術心，好去消受想像的世界，而是窺秘心，以聽壁腳爲樂。壁腳戲都是知根知底，又無關痛癢，最是消遣。市民們都是社會大學的學生，通的就是世故人情，不是「五四」知識青年研究的那種「人性」，而只是過日子的家長里短，狗肚雞腸，帶些隱私性質的。小說最對這胃口了。

所以，民國初年，上海就成了小說的集散地，據史料記載，當時雜誌有一百一十一種，大報副刊四種，小報四十五種，就是供小說發表和連載的。可見吞吐量有多大。其時的小說眞可稱爲「精神食糧」，照現代的話就是「消費」。雖說是紙上文章，餵的都是勢利心，銷場大了，什麼樣的買和賣都有。有俗到底的，簡直稱得上宿娼聚賭。也見得此時此地的人是何等的寡廉鮮恥，卻也率眞得很，一點不避世人眼。前朝遺老是看不下去的，大感世風日下，人心不古。新文化青年也看不下去，批評是舊派小說，鴛鴦蝴蝶派。順便說一句，平民和大衆只有受壓迫時是美麗的，一旦翻身解放，就叫人吃不了兜著走了。

「五四」的文學開闢了小說的新天地，將人道理想注入這世俗的臭皮囊。也是以上海爲集合地，所以說，上海和小說於革命也是相投的，相投的依舊是它的世俗性，不是說，大衆是革命的動力和物件嗎？「五四」的小說是小說裡的詞賦，象牙塔的意思。它以教育替代了娛樂的功能，列出了嚴肅的人生課題。同時，它還維護了藝術的純潔性，以詩歌的理想淘洗了世俗的世界，它難免淘洗得太乾淨，將煙火氣也淘洗掉了，還有那粗鄙裡頭硬扎扎的生氣。但事情必得如此，也是矯枉過正。唯有卓爾不群的思想和人格，才可將世俗的世界提拔到藝術的殿堂。

張愛玲用「五四」運動比喻西方交響樂，表示出對「五四」的不屑，可她其實是「五四」的受益者。她汲取了「五四」的養料，從世俗的生活中提煉出她對人生的觀念。她的觀念不是「五四」式的，而是「張」式，但這知識化的方式卻來自於時代的強音。她將小市民的啼笑是非演義出人生的戲劇，同時，她歸還給思想以人間煙火的面目。這其實就是小說的面目。張愛玲的小說有過電影和電視，出自臺灣大陸海峽兩岸編導之手，看了總覺得不像。故事，情節，人物，細節，都對路數，可就是氣味變了，變的就是那股子煙火氣。想來想去，只有一個劇種是可移植張愛玲小說的，就是上海的滑稽戲。倘若上海滑稽戲編演《金鎖記》，大約很出彩。

「上海味」和「北京味」

在這裡，我首先要說明在此所說的「味」的內容；其次是我所認爲的「上海味」和「北京味」的實質；第三，則是「上海味」和「北京味」在作家各自的表達中成功或不甚成功的原因。目的是想闢清一些以往的誤會。

第一個問題，只須三言兩語便可解決，那便是，我所要說的「味」，決不僅僅是指將「太陽」說成「老陽兒」；將「你」說成「儂」，將「他」說成「伊」；將「玩」說成「找樂子」或者「白相」；將缺心眼兒說成「二百五」或者「十三點」。也不僅僅是指四合院的老太太二大媽或者石庫門弄堂裡的寧波阿娘浦東阿嫂。而是包括了這兩地的生存狀態、人生理想和價值觀念，大概是可稱作「文化」的那種東西，我也就暫且的使用「文化」這個詞了。

現在便可以開始第二個問題了。

上海與北京是我國的兩個規模最大的城市，事實上卻有著本質的不同。北京是一個歷代國都，這個城市很清楚地劃分爲兩個世界，一個是平民的，一個是官僚貴族的。在貴族官僚的世界裡，擁有一切的權利，包括文化教育。這裡的文化包含了許多養料，首先是大漢政權認爲正統的儒教文化，那是經歷幾千年而不衰的悠久的文明。在這個京城裡，時常舉行盛大的典禮，這些禮儀繁複而又壯闊凜然的形式，無疑是醞釀了一種皇家文化。滿清政權又強制地帶來外族的異域的文化，有力地楔進北京的世界。丞相們在朝中運籌江山，皇親貴族則吃著一份俸糧，日日夜夜的培養著北京的文明，如老舍先生寫道的——「在滿清的末幾十年，旗人的生活好像除了吃漢人所供給的米，與花漢人供獻的銀子而外，整天整年地都消磨在生活藝術中。上自王侯，下至旗兵，他們都會唱二簧、單弦、大鼓與時調，他們會養魚，養鳥，養狗，種花，和鬥蟋蟀。他們之中，甚至也有的寫一筆頂好的字，或畫點山水，或作些詩詞——最不濟還會謅幾套相當幽默的悅耳的鼓兒詞。他們的消遣變成了生活的藝術。」辛亥革命瓦解了封建帝國，貴族的沒落則又給北京添上了一層傷感與懷舊的情調。這種占了主導與統治位置的變化，在長久的時期裡，無疑的成了北京市民們的榜樣。北京確成了一個美麗的城市，正如老舍先生所寫到的——「最愛和平的中國的最愛和平的北平，帶著它的由歷代的智慧與心血而建成的湖山、宮殿、壇社、寺宇、宅園、樓閣與九條彩龍的影壁，帶著它的合抱的古柏，倒垂的翠柳，白玉石的橋梁，與四季的花草，帶著它的最清脆的語言，溫美的禮貌，誠實的交易，徐緩的腳步，與唱給宮廷聽的歌劇……」

上海是什麼？四百年前的一個小小的荒涼的漁村，鴉片戰爭一聲槍響，降了白旗，就有幾個外國流氓，攜了簡單的行李，來到了蘆葦蕩的上海灘。呼嘯的海風夜夜襲擊著他們的蘆棚，縴夫們的歌唱伴著月移星轉。然後就有一群為土地拋棄或者拋棄了土地的無家可歸又異想天開的流浪漢來了。他們都不是好好的、正經的，接受了幾千年文明教養的中國農民，他們一無所有，莫不如到這個冒險家的樂園來試試運氣。這是一個無賴的世界，生意人，工廠主，以及租界上的巡捕房，如沒有黑幕的背景是寸步難行的。俗說便叫作「拜老頭子」，也就是入幫會。像「青紅幫」這樣的民間的秘密結社，竟在一個城市裡坐了天下。在黃金榮當年的管家的記憶中，有多少人物拜在黃金榮的麾下——天蟾舞臺老闆、法租界的糞大王、六國飯店賭台老闆、滄州飯店老闆、新華內衣廠老闆、正泰橡膠廠老闆、漁業公司經理、新華影片公司經理，等等，等等。而最妙的是其實黃金榮自己也並沒有正式入過幫會，如那位管家所敘述——「按照幫會規定，凡是沒有入過幫會的，算爲『空子』，不能開堂收徒。黃金榮卻不管這一套，他同『青幫』的『大』字輩張、曹等稱兄道弟，對人自稱是『天』字輩，比『大』字輩還多一畫。他收徒弟不舉行開香堂儀式，只是要徒弟寫張帖子，上寫黃金榮老師，下寫××門生敬拜。黃金榮是見錢眼開講實利的，只要送錢送禮拜他爲老師，他是來者不拒，多多益善，因此他所收的徒弟不下二三千人。」可見在這個世界裡沒有任何法規的。據材料所悉，在黃金榮和杜月笙之前，白相人是沒有社會地位的，像杜月笙的師傅，在那時亦可算一個頭面角色，卻也不過是在天后宮一帶用三根紅木籤子供遊人用竹圈投擲，騙一點小孩的糖果錢，此外又強包附近居民婚喪喜事的儀仗隊，吃一碗「紅白飯」而已。而到了黃杜一輩，卻成了上海灘上鼎足天下的人物。同樣是玩，在北京玩出了藝術，在上海，「白相人」則霸下了一面江山。

很多人，尤其是上海人自己以爲，上海是一個優雅的城市：法租界的洋房和林蔭道，外灘沿江的古典風格大樓，海員俱樂部的爵士樂，咖啡館著洋裝說洋文的侍者……這些歐洲的風味的確是給上海增添了格調。然而，暫且不說這僅是表面的裝飾，就是這些貨眞價實的歐美人，在我們源遠流長的北京人眼裡，也已是夠粗鄙的了。如在林語堂先生的《京華煙雲》中寫到一位北平的老哲學家在看一部西洋電影時，忽從坐位上立起，向觀衆說——「看那些洋女人，上半身兒滿滿的，卻毫不遮蓋，下半身兒空空的，卻偏要遮蓋。在上邊兒沒褂子；在下邊兒，沒褲子。」書中另有一位老先生認爲——「洋人製造精巧的器物，只能表示洋人是精巧的工匠，低於農夫一等，低於讀書人兩等，只是比商人高一級而已。這等民族不能算是有高等文化，不能算是有精神文明。」沒有根基的上海人是很摩登的，他們不排斥這些外來的東西，並以此爲雅爲榮。而摩登的上海人在北京人的眼中，就如林語堂先生書中寫到的那位來自上海基督教家庭的女生——「她坐著的時候兒，像男人一樣，也會顫動她的腿。在學校沒有胡琴兒，可是每逢在寢室哼哼幾段兒京戲，她就用手指頭在膝蓋上敲板眼，嘴裡哼哼胡琴的調兒。」

歐美的文化落生在粗鄙的江湖之中，得到一種奇妙的結合，這樣的結合表現在上海的很多方面，如上海語言裡，常常有一些外來詞，而這一些外來詞又往往用作一種流氓的切口：比如face(臉)，此人的「番斯」好，或是不好。比如colour(顏色)，這件東西很「克臘」，或是這樁事情很「克臘」。再比如chance(機會)——直到如今沒有什麼機會可言的上海人，依然保存了這樣一個切口似的口頭語：混「槍司」，撞「槍司」，用法十分靈活，向姑娘求愛叫作「撞她的槍司」，去日本留學帶打工，便是出國混混「槍司」。

上海是一個機會的世界，一夜之間，富人可變成窮人，窮人也可變成富人。傳說有一蘇州人，叫作沈萬三，拾到大批的烏雅石，平地一聲雷成了大財主。還傳說有一逃難到上海的小商人，租了幾十幢房子，供逃難到滬的人住，當他見這些房客的身邊都有些錢款，既不打算長住在上海再進行投資，放在身邊又怕強盜搶，便借來大買五金、顏料，一年之後飛漲起來，成了大富豪。然而某年某洋商的橡皮公司招股，橡皮股票旺行一時，不料又一落千丈，傾家蕩產者不知其數。北京使人想到「愛」，北京人說「我愛北京」，上海則令人想到機會，「愛」這個詞於上海是不合適的。北京的貴族們有著遙遠的過去可供回想，上海的新人們則只有眼前。生存的競爭是那麼激烈，利欲之心日消夜長，上海已沒有一點餘暇留給情感做遊戲了。因此，北京是一個人文的世界，上海則是一個功利場了。

在功利的上海，在殖民者的白幕與流氓的黑幕之下，產生了一批爲北京人不恥的生意人，老舍先生的《二馬》中的老馬所以爲的——「發財大道是作官；作買賣，拿著血汗掙錢，沒出息！不高明！俗氣！」同時，又雲集了一批憑手藝吃飯的工匠，也如老舍先生在《正紅旗下》所寫的福海二哥——「我」的那位嫁到子爵的女兒、佐領的太太門下做媳婦的大姐，囑咐「我」——「別對她婆婆說，二哥福海是拜過師的油漆匠。」做一名手藝人是多麼羞慚的事啊！可是在上海，沒有手藝，沒有生意，便沒有飯吃。因此，上海的功利導致出了一點科學與技術的文明，不幸的是，由於整個中國處於封建主義統治的背景之下，上海的這一點科學與技術的文明也並沒有得到徹底的發展。上海的悲劇大約全在於不徹底上了。

如同上海人有個理想，叫作發財，北京人也有個理想，那便是「做官」。在解放以後的幾十年裡，消滅了私有資本，生產資料全歸國有，抑制了上海人的發財夢，這發財夢轉變爲一種小康心理。而北京人的「做官欲」，則在幾十年強調公共道德的教育下漸漸消滅，上升爲一種天下爲公的浪漫主義理想。在「文化革命」的初期，北京的市民最最痛恨的是上層官僚主義者，而上海市民中最激烈的仇恨則指向了一些相對而言的富有者。在上海人的這種情緒裡，是沒有政治標準和政策界限的，凡是富有者，不論是當年的資產者、小業主，還是一個個人開業的名醫，或者只是因勤儉持家而積蓄了財物的普通職員，都會遭到仇視和查抄。而這兩種不同性質的矛盾其實包含了兩種不同的人生理想的同樣的失意心理。

然後，是第三個問題。

我想說的是作爲作家，北京的作家要比上海的作家富有得多，他們手中有一個源遠流長，已經被承認和認同的文化作爲工具和武器，而上海的作家則是一個赤貧者。在此，我要特別說明一件事情。曾經有一個時期，上海因爲是一個新興的城市，因爲租界的國際關係，因爲資本主義因素在此發生並發展，因爲人口無計劃無管轄地自由流動，曾經是一個比較安定與自由，也較容易生存的地方，於是便吸引了許多文化人，合成了中國新文學的半壁江山。然而，切莫因爲上海曾經聚集過一批優秀的文人，而就以爲上海有了文化。

首先是故事。一個爆發的故事遠沒有一個懷舊的故事富有人性格調。北京有著兩千年的舊事可以追懷，而上海呢，一百年的時間在歷史中只是一瞬，樣樣事情都好像發生在眼前，還來不及賦予心情。白先勇寫了許多上海的故事，那些故事籠罩了濃郁的懷鄉與懷舊的情調，猶如一個破了產的農奴主回想舊日的莊園；張愛玲的上海且彌漫了女人日薄西山的淒楚和遺憾。失意是永恆的主題，夕陽西下總是一幅美麗的圖畫。比起北京的故事來，上海的競利場的新人新事則顯得太鄙俗，太粗野，太不夠回味，太缺乏人生的涵義。

其次，是語言。北京胡同裡的語言也是可以寫成書面，猶如老舍先生歌頌過的：「最清脆的語言，溫美的禮貌」；而上海則遠遠不夠了。除去我們是以北方語言爲書面語的原因以外，也還有語言本身的更重要的原因，那便是上海的語言其實是鄙俗的、粗陋的、不登大雅之堂的沒有經過積澱很不純粹的語言。上海的俗語，有的從鄰近各地流傳過來，有的是脫胎於「白相人」的江湖訣，有的則是所謂洋場少年的新興海派話。除了前面已提過的外來語流氓化的例子，還比如，人或東西的外形，上海人要叫做「賣相」，頓時有了一種商品的涵義；額外的收入，叫作「外快」，有一種投機的氣味；交朋友叫「軋朋友」；有趣或有辦法叫「噱頭」。歇後語裡也常常帶有粗鄙直露的貧富觀念，比如「叫花子吃死蟹——隻隻鮮」。這一類的語言，其實是大有內容，可惜實在缺乏美感，用之不妥，棄之可惜，十分爲難。我想前輩作家寫上海也一定遇到過這樣的困難，並且都做過克服的努力。我以爲張愛玲爲我們提供了比較成功的榜樣。她筆下的語言是極文的，文到了底，使之完全地摒除了地域的色彩與個性，在這些平白無故的語言之上，人物躍然而出，反而掃除了障礙。

有一首上海當年的繅絲女工民歌，是這樣——

梔子花，朵朵開，
大場朝南到上海，
上海朝南到外灘，
繅絲阿姐好打扮，
劉海髮，短袖衫，
粉紅褲子肉色襪，
蝴蝶鞋子一雙藍，
左手帶著金戒指，
右手提著小飯籃，
船上人，問大姐，
「啥點菜？」

「無啥菜，油煎豆腐湯淘飯。」

這就是新上海的新民歌，充滿了一種新興市民浮淺的洋洋自得與一股粗俗的勃勃生氣。

而北京的民歌：

小小子兒，
坐門墩兒，
哭著吵著要媳婦兒，
要媳婦兒，做什麼？
點燈，說話兒，
吹燈，做伴兒，
早起替我梳小辮兒……

且不去說措辭樸素的雅致，那內容裡則有著經過長久的積澱已簡潔如話的人生道理。

而在這一切上海與北京的對比之後抑或更是之前，還有一個最最重要的對比，那就是我們的文化人，包括作家、讀者和批評家，其實全是爲同一種文化，也就是士大夫儒學的文化所養育而產生。於是，當我們面對了這種差別我們本能地選擇了北京的、正統的、我們所習慣的、已擁有了批評標準的文化，而牴觸著上海的那一種粗俗的、新興階級的、沒有歷史感的、沒有文化的文化，面對了這種文化，我們束手無措，不曉得應該如何對待，失去了評判的能力，還來不及建設全新的審美觀念。況且，如我前面已經說過，解放以後生產資料所有制的改革以及公共道德的強調，使得這兩個城市的文化又出現了更加複雜的情況。上海人的小康心理更削減了人文藝術的想像力與氣質，而天下爲公的理想，且具有偉大的道德感與使命感，也富有浪漫的激情。這種情況使我們更加困惑，卻也更堅定了立場，而使上海更加拋荒了。

黃浦江畔的縴歌早已爲輪船汽笛替代，外國殖民者攜了財富滾了回去，闖蕩江湖的流浪漢亦已安家樂業，痞子無賴西裝革履地斯文起來，一吊大錢兩串草鞋來到此方的鄉下佬終成卑微的過去，留下了一批安分守己的市民。我們不幸地出生在平庸的市民之中，僅僅是隔代的祖先的熱血已在血管裡冷卻。一百年的上海就好像是一個短夢，留下了可怕的夢魘和美麗的幻境，而身後江水長東。

城市無故事

在我插隊的地方，人們把「講故事」說成「講古」。所講的其實倒並不一定都是古人的事蹟，也包括鄰莊或本莊曾經發生的事情，如誰家的女兒和誰家的兒子相好，一氣跑到了男家；如誰家的媳婦起夜時看見了黃鼠狼，隨後就一病不起，命歸西天。但是，這些事件確都是發生在講述之前，是過去的事件，相對講述的當時，也可說是「古」了。再看「故事」二字的構成，其中有兩個詞素：「故」和「事」，「故」是來修飾「事」的。所以，「故事」即是「從前的事情」，也就是完成了的事情。從此意義上來說，將「故事」說成「古」則是千眞萬確的了。至今也還記得，在昏暗的牛房裡，合著鍘刀切著牛草的嚓嚓聲，聽一個投宿的外鄉人講古，四周牆根裡的煙鍋忽明忽暗。現在，我們就有了「故事」的第一個定義，即過去的事情。然後，我們還會發現故事必須是一個過程，它基本上須是什麼人(包括動物)做了什麼事，這當是一個起碼要素。假如沒有人物，便做不成事情，剩下的只有一幅風景，就成了一幀畫了。若還有些聲音，可以變成一支小曲兒；假如只有人物，這人物什麼也不做，那就成了一張照片，而且是報名照了。所以，故事大約是必定要有什麼人(包括動物)，做什麼事。做什麼事，且不只是做一個或一些動作，這些動作須有動機，互相間有聯繫，最後或多或少還要有結果。因此，也就是說，這些動作的發生、發展、聯繫、結束便組織成了事情的過程。並且，當這一個人做著某一件事的過程中，他必得到其他人的協作與互助，所以，此過程中應還包括著人與人的聯絡、組織，這則是一個橫向的過程。

在鄉村裡，人們一代一代相傳著祖先的事蹟，那事蹟總是有關於遷徙和定居，人們又一代一代演繹著傳宗與發家的歷史。人們在收割過的土地上播下麥種，白雪遮蓋了麥地；春天，雪化了，麥子露青了；長高了；又黃了，人們便在一個陽光熱烈的早晨，等待露水乾了，啈嚓嚓地割下了麥子。這時候，麥子的故事完成了，大豆的故事開始了。人們犁了麥地，將麥茬翻進地底深處，耩子吱吱扭扭地歌唱著播下豆種；在驕陽如火的伏天裡，人們去鋤豆子；秋風爽爽的夜晚，人們趕夜路走過田野，便聽見豆莢鈴鐺似地叮叮噹噹響著，有炸了角的豆粒落在露水打濕的柔軟的地上，收割的日子來臨了。一個孩子出生了，會爬了，會走了，會背著草箕子下湖割豬草了；會在大溝裡偷看女人洗澡了，然後他掙九分工了，又掙十分工了；娶媳婦了，媳婦生孩子了，一個人的故事完成了延續了下去。在這裡事情緩慢地呈現出過程，一步一趨，從頭至尾。而村人們在很長久的時期裡穩定地集合在一起，互相介入，難得離散，有始有終地承擔著各自的角色，伴隨和演出著故事。他們中間即使有人走遠了，也會有眞實的或者誤傳的消息回來，爲這裡的故事增添色彩。於是，我們看見，在這裡具備有故事產生的條件，這條件即是承擔過程的人物和由人物演出推進的過程。而當此過程成爲故往的事情時，又有自始至終的目擊者來傳播與描述此過程，講故事的人也具備了。

那麼，在城市裡，故事會有什麼樣的命運呢？農民在土地上失敗了，從四面八方來到城市，他們兩手空空，前途茫茫，任憑機遇和運氣將他們推到什麼地方。他們在陌生的街道上逛來逛去，由於生存的需要，和他們偶爾相遇的人結成一夥。後來，他們因各自不同的才智和機會有了不同的遭際，他們便分崩離析，再與其他人結夥。他們從這條街搬到那條街，高樓阻隔，就又是另一番景象。他們迅速地認識一些陌生的路人，當他們還不及熟悉了解的時候，就由於另一個機會的誘導而匆匆分手，再去結識另一些陌生人。在這個地方，永遠不會有人知道他從哪裡來，他也從不知道，別人從哪裡來。人們互相都不知根底，只知道某些人的某些階段與某些方面。他們在某一處作工，又在另一處住宿；他們和某一些人談工作的事，又和另一些人談情愛的事。

這個地方的生產方式是將創造與完成的過程分割成簡單和個別的動作。比如做一件襯衣，一部分人專門裁衣片，一部分人專門用機器縫製，另一部分人專門釘扣子。即便是裁衣片，縫制、釘扣子的過程還要再劃分爲更單一的工序，有一部分人專門裁袖子，有一部分人專門裁衣領；一部分人專門鎖邊，另一部分人專門縫口袋；一部分人專門開紐孔，另一部分人專門釘扣子。而這所有的人只是在做襯衣。此外，另有許多人做棉衣，做帽子，做鞋子，製作食品，製作家具，製作日用品，每一種製作的過程都分化爲局部。他們每一個人只是承擔這局部中的一個動作。他們永遠無法去做一件事情，他們只能參與做一件事情。他們甚至都不了解他們所擔任的這個動作在這一事情中占一個什麼位置，起什麼作用。他們永遠處在一個局部，他們永遠也無法了解這事情的過程。他們不知道這事情從哪裡起始，又在哪裡結束，其間則經過多少路程。他們每日重複這個動作，重複爲這動作做準備的所有動作。比如早晨在某一個時刻起身，離家，中午在某一個時刻吃飯，休息，晚上又在某一個時刻回家。他們離家和回家的路線是固定的，時間也是固定的，他們幾十年如一日，擔任著事情過程中的一個個別的動作。他們不同的動作都以勞動時間爲統一核算單位，收到以貨幣爲代表的報酬，以貨幣爲交換手段去獲取他們所需的一切。他們所需的一切也被嚴格地劃分在各個不同的商店和櫃檯裡，以成品的面目出場。這所有的成品只是顯現出結果，而沒有過程。於是，人們就永遠只能生存在過程當中的某一個環節以及結果中，人們生活在過程的某一片刻中，人們漸漸就會以爲世界就是這種片刻間的狀態，人們漸漸習慣並滿足於生存在這片刻的狀態裡。他們各自爲陣，坐井觀天。他們以機器的流水線和傳送帶聯繫，他們通過貨幣交往，他們之間的關係，日益由機械的流水線和貨幣所概括和代表。人被分割在各自的位置上，好像螺絲釘安在齒輪上。人們通過流水線和貨幣攜起手來，互相介入，聯合在一個過程中。人們自己則可老死不相往來，以社會分工的勞動和使用貨幣，仍可安然度過衣食無憂的一生。人們再不可能經歷一個過程，過程被分化瓦解了，在這被瓦解的過程的點上，有誰可展望過程的全局？有誰可承擔講故事的重任？當事情沒有了開始和結束的狀態，只呈現出過程中的一個源源不斷的瞬間，哪裡又有故往的和完成的事情可供講述？

在那些居住擁擠的棚戶或老式里弄裡，還遺留著一些故事的殘餘，那些鄰里糾紛，閒言碎語，那些對田野舊夢的緬懷，那些對人心不古的感慨，使人以爲這就是城市的故事，其實這僅是鄉村裡故事的演變或餘音。

在這裡，偶爾會發生一些聳人聽聞的奇人異事，比如一樁車禍，比如一精神病患者爬上了屋頂，又墜樓而下。可這僅僅是一場事故，只能爲晚報記者提供一則花邊新聞。

在夜幕降臨的時分，會有一些無業的男孩女孩，幽靈般地遊蕩。他們逃離了社會正常的秩序，自己集合起部落式的集團，做些與這公認秩序不相投合的行徑，這又可否算是城市的故事？抑或只是城市外的故事，因他們是背叛城市又爲城市背叛的生不逢時的原始部落民，最終是反城市的故事。

在三層閣或者亭子間或者水泥預製件的新工房或者亂糟糟的大學宿舍裡，有一些年輕的城市作者們，正揮汗如雨地寫作些以意識流爲方式的故事。在此，時間是跳躍的，人物面目是模糊的，事情是閃爍不定的，對話是斷章取義的，空間是破碎的。後來，這些稿紙上的文字被印成鉛字，在印刷機裡製作成幾千份甚至幾萬份，在街頭報亭或書店裡出售，被稱之爲「城市文學」。可是，這不是故事。

城市無故事。這是城市的悲哀，在這裡，我們再無往事可說，我們再也無法悠閒地緩慢地「講古」和「聽古」。故事已被分化瓦解，我們再沒有一樁完整的事情可供饒舌的我們講述，我們看不見一樁完整的故事在我們平淡的生活中戲劇性演出。只有我們自己內心尚保留著一個過程，這過程於我們是完整的和了解的。有時候，我們去採訪啊，採訪，想獵取別人的內心過程，可是人人守口如瓶，或者謊言層出，到頭來，我們所了解的還是只有我們自己。於是，我們便只有一條出路：走向我們自己。我們只擁有我們各人自己的內心的故事，而城市，無故事。

疲憊的都市人

上海人是在一個抽象的世界裡生活。他們吃糧，不是到田裡去播種，然後收穫，而是到居住地區所屬的糧店，憑了計劃糧卡去買；他們吃菜，也不是到園子裡去摘，而是到菜場去買。他們勞動，是在經過社會化綜合與分工的流水線上的某一點，重複著某一個動作，直至終身；他們得到的報酬，是將物質概括化了的貨幣，拿了貨幣，然後他們去各種分類的商店購買生存所需要的東西。他們的生產與消費，已被集合在一起，加以統籌與計劃，簡約地劃分為一系列的單位。他們只須站在他們的一個點上，做一樣的動作，獲得一樣的貨幣，便可飽暖終身，度過生涯。這是概括化、抽象化、簡化了的生命過程，這是集體化的生命過程的存在形式，而城市是生命集體存在的地方。

生活在城市裡的人，好像是生活在理論上，生活在邏輯上，他們將勞動與生存的聯繫，以抽象的形式去敘述。早晨，他們說：我們去上班；月初，他們說：我們領薪水。他們嚴格遵守時間，不使遲到早退的事情發生，以防扣除獎金。一個農人擔心莊稼欠收而使秋後口糧受到影響，在此是以抽象的符號所代替。在城市的上海裡，人們就是這樣生活在各種符號中間。我們為某一個符號去爭取另一個符號。我們以某一個符號去換取另一個符號。人世間多少種具體的事物被簡約與抽象為符號，失去了它們生活活潑的本來面目，上海人的生活是多麼疲乏啊！

他們的生活已沒有浪漫的色彩，星辰日月、風霜雨雪與他們無關。鐘點標誌出他們作息的制度，他們的勞動理論化爲生存的需要，沒有風景來作點綴，一個農人爲田裡莊稼喜悅和煩惱的心情，他們再也體驗不到。一個頭腦簡單的上海人，會因爲看不見這抽象的勞動裡面具體的生存內容，而喪失了生活的目的，他們想：我們這樣辛辛苦苦地擠電車，趕路，在流水線上操作，是爲了什麼呢？爲了錢嗎？錢竟是這樣重要？這樣萬能嗎？生活是多麼沒有意思啊！另一個頭腦複雜的上海人，則會因爲太直接地了解勞動的目的是爲了生存，也喪失了生活的目的，他們想：我們這樣辛辛苦苦地擠電車，趕路，在流水線上操作，是爲了什麼呢？爲了生存嗎？生存又是爲了什麼呢？是爲了這些勞作嗎？生活是多麼沒有意義啊！好在，忙碌的上海人爲自己的頭腦與心情，本沒有留下太多的時間和空間，他們來不及去思考生活的意義，就忙著去上班，擠電車，排隊買菜，爲子女就學奔波。這是一個務實的世界，上海人已經沒有了心情，這世界沒有多少東西供心情去作體驗，心情是一樁奢侈的東西，是農人的時代留給他們的遺物。

世界上所有的城市都在懷念鄉村，做著還鄉的夢。人性的萎縮與墮落是世界上所有城市的通病，可是湧入城市的大潮，源源不斷。城市提供給人最多的生存機會與可能，城市是效率最高、生產力最強的部落，與人的第一需要——生存，息息相關。上海是世界上無數城市中的一個，它犧牲了活潑的人性，冒著墮落的風險，承擔起無數貧困鄉村的生計，爲一個農業大國有限的產值增添了可觀的數字。它很少兄弟和伴侶，它的困窘與拮据日益加深。因此，上海人便情不自禁地緊張起來，睜大了戒備的眼睛，帶著排斥的表情，他們變得不寬容，不接納，不友好，氣量狹小。生活在上海的疲憊的我們，只有祝願我們的上海富強，昌盛，天天向上。

上海的洋房

今天，上海洋房裡的生涯已經變得十分可疑。浴缸和洗臉池水的熱水器龍頭由於年久不用生了鏽，洗澡須用水壺提了熱水倒進浴盆，偌大個浴盆內倒進一壺熱水僅夠鋪底。並且這樣的房子，廚房往往是在底層，提一壺熱水走上樓梯總有點冒險的味道。房間裡的壁爐成了裝飾，且還妨礙面積的利用。映著壁爐的火光沈思冥想的美麗圖畫，隱退到極遠的歷史中去了。

這樣的房子，原是供一戶人家享用的，如今卻由許多家分享，一扇後門幾乎被信箱、牛奶箱、電鈴分割完畢，分別寫著趙家、李家、王家、張家、孫家，或者還有顧家和劉家。像新式里弄那樣的房子，往往將廚房設在一樓，洗澡間設在二樓，陽臺設在三樓，再有一個曬臺在頂樓，各得其所。如今這房子裡卻也許一樓住一家，二樓住一家，三樓住一家，亭子間裡再住一家。於是廚房裡便安置了三至四個灶頭，每個灶頭上各有一盞電燈，甚至水池上也並有幾個龍頭，水管與電線縱橫交錯。洗澡間是幾家共有，到了夏季，那裡就十分繁忙，洗澡洗衣的人絡繹不絕，川流不息，直到深夜。後天井裡，水落管子裡嘩嘩的流水聲，是這種房子的靜夜裡的音樂。還有一種品級更高的公寓房子，一旦侷促起來是更爲尷尬的。共同居住在新式里弄房子裡，尙由樓層加以分割，即使是亭子間也與上下兩層保持了一段高度的距離。而公寓房子則全是一個平面上了。而且，這裡的生活本該是更爲精緻的生活，佈置合理得當，西洋式的廚房天生爲了裝置煤氣，用地經濟，因而便也狹小了。公寓房子沒有前後弄堂和天井，可供人們從住房中膨脹開去，它沒有一點通融的餘地。這種著力保護獨立性的房子是最不得與人分享的，不像新式里弄房子，還有可以苟且的餘地。再有就是眞正的洋房子，如今也是眞正的「七十二家房客」的舞臺。汽車間裡住了人家，大廳分割成了住房，甚至加了層。由於人家衆多，並不是每一戶都可在廚房裡得到一個位置，於是，走廊，陽臺也都另闢蹊徑，成了廚房。傍晚，各家下班回來，大人們燒飯洗菜，孩子們嬉耍玩鬧，充滿了一種公社化生活的氣氛。這所有的房屋，又都因爲失修，流露出破敗的景象，外部的牆面石灰剝落，露出磚縫，內部的地板幾乎一律鬆動，夾層間棲宿著老鼠，天花板上幾乎都有著漏水的痕跡，電線暴露。昔日的洋房只留下一個名譽了，內中的生活是不堪推敲的。

求實惠的人們甘心住新工房，說起來不如住老房子那麼響亮，似乎總有一種家世微賤的心情，會使人們以爲，那是住棚戶的出身。以「新工房」來稱謂水泥預製件製造的單元房，是上海獨有的。大約來源於早期專爲工人建築的簡陋住房。五十年代和六十年代，爲身居滾地龍的工人蓋起了大片的工房，是顯著的政績之一，著名的有蕃瓜弄，曹陽新村，少先隊員經常在工地上度過隊日。也因此，在虛榮的上海市民心裡，新工房便是和滾地龍聯繫於一起的，那是沒有根基的外來戶，不是上海人的正傳。不過，如今窘迫的上海人也不得不現實起來。一旦住進了新工房，便覺樣樣方便，往昔的擁擠景況，是再怎麼不願重返的。住新工房雖然損失了名譽，那生活倒是可靠的。

戶內與戶外

似乎是發生在一夜之間，電視，電影，畫報，廣告，中國人出去或者外國人進來，一同向我們展示了一幅嶄新的生活情景。我們從未像今天這樣，渴望改造我們的生活方式，我們可將一間水泥預製板搭成的簡陋工房，裝修成一間豪華賓館客房，在春季或秋季溫度適宜的日子裡，學著西方明星的派頭，洗完澡後，穿了睡衣，喝著可樂，吃著三明治，在地毯上走來走去，看著彩色電視。無論是大街還是小巷，都有昂貴的巴黎或日本時裝在向我們招手；夜晚咖啡館幽暗的茶色玻璃門內，向我們流露著神秘的異域情調。

屢次出國回來，都曾下決心改變自己的生活，並且認眞總結了以下兩點：一是天天洗澡，二是經常穿裙子，而不要總穿長褲。我覺得，這兩點如能做到，就已奠定了新生活的基礎。仔細研究先進國家裡人民起居生活與我們的區別，根本上也就這兩點；至於早上洗完澡後吃的是三明治還是泡飯，所穿裙子質地與式樣的各異，都是好商量的事。但是這兩點的實踐卻遇到了很大的困難。首先是洗澡的問題。早上洗澡似不現實，一早起來，要燒早飯，要收拾房間，上班的要去趕車上班，在家的要去菜場買菜；猶如打仗，再要騰出時間燒水洗澡就不大可能了。隔夜燒的水又總不熱，熱水瓶往往都不保溫。再說你要生活現代化，人家也要現代化，要現代化就得共同現代化。一家都要洗澡，熱水瓶就遠遠不夠用了。所以我就決定將洗澡這一項改革移到晚上臨睡前進行。在欲寒還暖的日子裡，手腳匆忙地洗一個澡，再飛奔到被窩裡暖著，倒也其樂陶陶。可是到了冬天攝氏六度以下的天氣裡，縱然有再大的新生活熱情，也很難做到每晚洗澡了。於是，我們設想去買一個電熱水器。而在計劃過程中，首先發現洗澡間要改造。須將磁磚砌到一人高以上，否則蓮蓬頭裡的水灑下來，不過幾月就可將牆壁泡酥爛掉。再次了解到電熱水器裡熱水容量並不是無限的，無法使空氣有效地升溫，淋完一箱水要等十五分鐘，下一箱水才熱，買電熱水器的念頭遂即打消。有人勸我們去裝一個煤氣加熱淋浴器，可是我們的新工房建築了五年還未裝上管道煤氣，下五年也看不見一點曙光，只得作罷。在冬天寒冷的氣溫裡，我們就暫時向新生活告別，晚上洗洗臉洗洗腳，坐在被窩裡抱個熱水袋看看日本或香港連續劇，也蠻快樂。

再說第二項：經常穿裙子。難度也比較集中地體現在冬天，還是那一個寒冷的問題。在沒有暖氣的上海，室內與室外的溫度幾乎接近，穿了厚毛褲坐上一時也要冷得發顫，莫說是穿裙子，縱然有一雙靴子又頂何用。中國老話說，十層單抵不上一層棉，臨到危急時，還得棉襖棉鞋地上身，好看難看早已置之度外。只有在難得的假日裡，才能穿了衣裙再罩上大衣出門，出門去哪裡？不外是訪朋問友看電影。朋友家和自己家一樣的寒冷，從頭到尾也無法脫大衣，還抖抖索索的，電影院的氣溫也絕到不了可以裙裾翩翩的地步。唯一可以伸展開來，理直氣壯穿裙裝的場合，就只有偶爾的宴會。到了那日的下午，早早地打扮完畢，冷颼颼地坐在冰冷的居室，等待汽車來接。等待是那樣難耐，而溫暖如春的晚宴又是那樣短暫。在沒有汽車接送的時候，自己一身齊整地走過塵土飛揚或者下雨泥濘的街道，擔心著鞋後跟會不會碰壞，衣服會不會蹭髒。並且深覺自己與四周的環境極不協調，而戰戰兢兢，滿心惶惑。在夜晚歸家的道路上，不時會有一些無聊得苦悶的年輕人，在耳邊輕輕問道：「朋友，朋友，逛馬路去吧？」到了夏天，酷暑難熬，大汗淋漓，稍好的衣裙便又捨不得上身，還得期待難得的宴賓會客。有時候，面對那些美麗的衣裙，實在壓抑不住誘惑，心中會突然升起一個問題：我將在什麼時候穿它？於是，一切欲望和熱情都熄滅了。在春日與秋日的明媚的季節裡，原想山清水綠地裝扮一身，可是眼見得上海的街道一日比一日骯髒，空氣污染，煙塵彌漫，不到一日，鞋面上就蒙了一層薄灰，白領變成了黑領，不由得興味索然。幸而牛仔裝的風潮席捲全球，我們盡可以穿了耐髒的勞動布衣鞋，在上海風塵滾滾的大街上做一回美國西部的牛仔夢，趕上了世界潮流，又合乎了中國國情。至於那些優雅的禮服及細跟的皮鞋，則耐心地等待著渺茫的機會。我們默默地幻想，穿了那樣華貴的衣裝完全地走動在地毯上的情景。於是，地毯的問題緊接而來。

許多人家裡已在考慮鋪設地毯，在進門的地方放了鞋架，進門須換拖鞋。在冬天的日子裡，我不明白一雙拖鞋怎可禦寒。如不換鞋，那麼不過幾日，地毯就會變成擦鞋墊了。我想起我曾到過的美國或西方的家庭，你從清潔的街道走來，一徑踏上毛茸茸的地毯，家裡與家外一樣的乾淨，落葉在地面沙啦啦地滑過，孩子們在地板或地毯上翻身打滾。我想起在中國每一個地上爬滾的孩子都會被視爲不乖的孩子，如同犯了大戒。我曾跟隨採訪一個美國兒童合唱團，賓館服務員對孩子們大為不滿，說他們竟然將床單鋪在地上睡覺，床單怎麼可以鋪到地上？床與地是絕不能混淆的，就像兩個不同的階層。現在，人們逐漸給予地板以床的待遇，可是戶內的地與戶外的地則仍是兩個階層，然而人們又必得從戶外走到戶內，或從戶內走到戶外，於是只得在戶內與戶外之間換鞋，好比在渡口擺渡換船。

說到此處，我不覺黯然神傷，想到：當我們手中稍有些活錢，市場又充分提供各路享受，思想解除了禁忌，可容納形形色色的表現的時候，我們竟發現我們還沒來得及建立一個設備良好的環境。我不知道是我的感覺出了問題還是別的地方出了什麼問題：上海的空氣日益渾濁，上海的街道日益骯髒，上海的樓房日益破落，上海的冬天一年比一年寒冷，上海的暑日一年比一年酷熱，交通擁擠，一路汽車下來，連擠帶推，連罵帶吵，連做個好鬼都做不成了，還能做個什麼像模像樣的人？人們越來越深地縮回在自己小小的蝸居裡，將自己的蟻巢裝點成個宮殿，外面的世界與己越來越無關聯，出去走在街道上，可以隨意吐痰，瓜皮果殼扔得遍地。上海成了一個垃圾箱，又成了一個出氣筒。走在破爛的街面上，望著火柴盒一樣灰色的工房，誰也想像不到其中每一個窗口裡都有一個豪華級的房間，家用電器一應俱全，洋酒外煙，魚肉雞鴨，然後便是沉醉的長夢，夢中不知，只要來了六級地震，這房子便會像手風琴的風箱一般無聲地合攏，將一切全都壓滅。面對這樣一個城市，要建立現代化生活的希望不知不覺地消散，我妥協地想到：其實也不必每日一澡，每個星期有那麼一天，我們能夠來到一個寬敞清潔的公共澡堂，無須排隊，有服務員稍作負責的接待，浴間可分爲小室，可不至像煉獄一般，一個個赤條條來去無掛牽地奔忙或暈堂，從容地洗一個澡，從容地穿上衣服，暖和地走出澡堂，澡堂門口有一杯清茶出售，這倒也是一種無產階級化的享樂。我還想到：家中的地毯其實也可緩一緩，床上的羊毛毯也不過剛剛普及，只要街上乾乾淨淨，空氣清清澄澄，人人精神爽朗，白衣藍裙的纖塵不染，也是一幅健康向上的圖景。我們將戶內安排得舒適溫暖，而戶外也不使我們懼怕和怨恨，梧桐樹在夏日裡爲我們遮蔭，街心花園有老人和孩子在冬天的太陽下瞌睡和嬉耍。讓我們心情愉快地上班去，平平安安地回家來。

上海的吃及其他

香港的元朗，有一種飯菜，是將手指長的鮮蝦，拌上蔥薑作料，鋪在飯上，一同上籠蒸。這使人想到勞作的人們，從田裡回家，正好飯熟蝦香，連籠端上桌，刨開面上的通紅的蝦，挖底下的米飯盛了滿碗，大口大口就著蝦吃將起來。還有一種湯菜，先是一盆稠厚得起膠的湯，然後是一盤堆尖了的湯渣：雞肉雞骨，鴨肉鴨骨，豬肉豬骨，魚肉魚骨，藥材，根蕨類菜蔬，一律酥爛，入口即化。也是勞作的下飯。早起便一古腦下了鍋，添滿水，柴灶裡塡了禾草猛燒，燒到鍋沸鼎開，再將火偃滅，煨燜著，等正午田裡歸來，湯和菜都有了。

台北的淡水，一入街便見「鐵蛋」的招牌，大大小小。所謂「鐵蛋」，原來就是雞蛋，不知用何密方醬作，風乾，最後收縮成鵪鶉蛋大小，尤其是蛋白一層，鐵硬。顯然是天氣潮熱地方，保存食物的方法。也能看出勤儉刻苦的人們操持家務的情景。

這些吃食眞和上海的有點像呢！上海本幫菜，從來不入系，亦不上桌面。那多是濃油赤醬的下飯，供出了大汗的勞力們補充體力。凡見有精緻的吃法，考究起來，大約無一不是來自蘇、錫、川、揚等外幫。上海城隍廟的「老飯店」，專是經營本幫菜，其中有一味，紅燒大腸，肥膩極了，是上海菜的至味。上海人的嗜味厚，應也有著儲藏的考慮。處於江南的梅雨帶，食物的變質是經常的事情，食物的豐和匱又不均，所以要有存物的本領。從口味來看，上海人亦是性情粗放，以勞動爲本。

這還體現在上海的語言方面，上海話是相當粗魯的語言。它沒有敬語，如北方話裡的

「您」，它沒有，老少尊卑統稱你爲「儂」。「勞駕」這類詞也沒有，至多說「幫幫忙」，又變得流氣了。人去世，不論是仇家的，親家的，一律爲「死掉了」，聽起來像罵人。一些禮節性的說法，其實也多是從書面語上搬過，而非本來就有。如我這樣，少年時到中原地區插隊落戶，十分驚訝的是，那些生活簡樸的農人竟擁有著如此文雅的言辭。他們稱人父母，必綴上「大人」二字。有人敬煙，回說不吸，然後是「別累手了」。「死」字是決不可出口的，天壽之年要說「老」了，夭折則是「壞」了，移屍要說：請走了。罵人話裡都含著禮數，比如罵人心急慌忙，罵的是：趕什麼？謝吊啊！

我私下以爲，看哪種語言好，就看這語言裡出的戲種好不好。比如，四川的川劇，就是個大劇種，從它豐富生動的表現，可看出四川話的潑和俏。廣東的粵劇，則有古韻，幽深得很，粵語裡就有著這樣即樸又華的宋遺風。徽班晉京，宮廷化和北地化了，與北京語對相教化得堂皇，正直，大道朝天，老舍先生讚它是「清脆的」，大約是說它音節的純淨和有格律。而戲曲的韻白又多是中州調，是大唐之音，照映著洛陽的牡丹。從河南豫劇看，豫音實是鏗鏘響亮，而且內含婉轉，只是近代這地方荒蕪了，言語便染了粗蠻相。沒聽過秦腔，但看過一齣電視連續劇，表演西安地方一個大案，劇中人物均操西安語，就爲了聽這個，一集集看下去。就覺得這話好聽，是北音，可卻柔極了，字和字之間，有舒緩的拖腔，用字又那麼斯文。聽這語音，此地便可建都，而且是大朝廷的都，有帝王氣象。

上海地方戲，叫滬劇，說唱小調漸變成的市民戲種。唱一段，說一段，並無嚴格的陳式，唱腔亦極單調，是戲曲裡的文明戲。最適合西裝旗袍劇。客堂、廂房、亭子間裡的男女情怨，流短蜚長。不是說小戲種就不好，小戲種的好是好在樸，就是民間性。像黃梅戲，有一股村情，《女駙馬》，鄉里人說朝廷故事，流露的是人情之常。滬劇且又俗了。不過，上海還有一個戲種，我倒更情願它做代表，就是滑稽戲。它是裸露的粗鄙，反是天真了。那熱蓬蓬的現世的欲望和性情，很見精神。我插隊的地方叫五河，有五條河交匯流過，水產頗豐。可是，在上海人來到之前，品種卻很簡單。比如螃蟹，無人問津。上海人一到，螃蟹一下子變成寶，自五分一斤漲到五角一斤。上海人的吃勁，如上海話說，「急吼吼」的。那第一個吃螃蟹的，一定是上海人，多少有一點窮極潦倒的狼狽相。不像魯菜那系的，講的是一百年、二百年的老湯，多深的火候淵源！

這就又說到吃上面了，去過山西，那方食譜顯現的是富足優渥的衣食飽暖。不說菜，單是麵食，就有無數種類與款式，品格特別正。不是講究味鮮，「鮮」是幽微的氣息，而是「香」，質樸而健康的脾胃。定是晉商的享受格調，與其時的資源有關，豐厚。看那應縣的木塔，全是寬、厚、長的板子搭成，疏枝闊葉，卻結實得多少代不朽，不搖，不動。於是，商人們便手筆大，吃起來也是寬街大路，正味。揚州的鹽商口味就要促狹多了，也是地理關係，山水曲折，風情也多是微妙，又多是暴富，就輕佻些。聽故事說，有一鹽商，每日早餐是二枚雞蛋，可這雞蛋不是一般的雞蛋，是餵食人參的母雞所下，値一兩銀子一個。還有那干絲，一塊豆腐，橫刀豎刀，劃成千絲萬縷，可不是折騰死人？

上海的吃食，究其底是魚肉菜蔬，大路貨，油鹽醬醋，大路作料，緊火慢火地燒就，是粗作人的口味。也是因其沒根基，就比較善於融會貫通，到了近代，開放的勢所必然，各路菜肴到此盛大集合，是國際嘉年會的前臺。要到後臺，走入各家朝了後弄的灶披間，準保是雪裡蕻炒肉絲、蔥烤鯽魚、水筍燒肉，濃油赤醬的風格，是上海這城市的草根香。

無言獨白

在那些無人的時分，弄堂喃喃獨白，用無聲的語言訴說自己的內心……

上海的弄堂是性感的，有一股肌膚之親似的。它有著觸手的涼和暖，是可感可知，有一些私心的。積著油垢的廚房後窗，是專供老媽子一裡一外扯閒篇的；窗邊的後門，是供大小姐提著書包上學堂讀書，和男先生約會的，前邊大門雖是不常開，開了就是大事專爲貴客走動，貼了婚喪嫁娶的告示的。它總是有一點按捺不住的興奮，躍躍然的，有點絮叨的。曬臺和陽臺還有窗畔，都留著些竊竊私語，夜間的敲門聲也是此起彼落。還是要站一個制高點，再找一個好角度。弄堂裡橫七豎八地晾衣竹竿上的衣物，帶有點私情的味道；花盆裡栽的鳳仙花、寶石花和青蔥青蒜，也是私情的性質；屋頂上空著的鴿籠，是一顆空著的心；碎了和亂了的瓦片，也是心和身子的象徵。那溝壑般的弄底，有的是水泥鋪的，有的是石卵拼的。水泥鋪的到底有些隔心隔肺，石卵路則手心手背都是肉的感覺。兩種弄底的腳步聲也是兩種，前種是清脆響亮的，後種卻是吃進去，悶在肚裡的；前種說的是客套，後種是肺腑之言，兩種都不是官面文章，都是每日裡免不了要說的家常話。上海的後弄更是要鑽進人心裡去的樣子，那裡的路面是抑著裂紋的，陰溝是溢水的，水上浮著魚鱗片和老菜葉，還有灶間的油煙氣。這裡是有些髒兮兮，不整潔的，最深最深的那種隱私也裸露出來的，有點不那麼規矩的。因此，它便顯得有些陰沈。太陽是在午後三點的時候才照進來，不一會兒就夕陽西下了。這一點陽光反給它罩上一層曖昧的色彩，牆是黃黃的，面上的粗礪都凸現起來，沙沙的一層。窗玻璃也是黃的，有著汙跡。看上去有一些花的。這時候的陽光是照久了，有些壓不住的疲累，將最後一些沉底的光都拼出來照耀，那光裡便有了許多沉積物似的，是黏稠滯重，也是有些不乾淨的。鴿群是在前邊飛的，後弄裡飛著的是夕照裡的一些塵埃，野貓也是在這裡出沒的。這是深入肌膚，已經談不上是親是近，反有些起膩，暗底裡生畏的，卻是有一股噬骨的感動。

流言是上海弄堂的又一景觀，它幾乎是可視可見的，也是從後窗和後門裡流露出來的。前門和前陽臺所流路的則要稍微眞切一些，但也是流言。那種有前客堂和左右廂房裡的，它的流言是要老派一些的，帶薰衣草的氣味的；而帶亭子間和拐角樓梯的弄堂房子的流言則是新派的，氣味是樟腦丸的氣味。無論老派和新派，卻都是有一顆誠心的，也稱得上是眞情的。

這些流言雖然算不上是歷史，卻也有著時間的形態，是循序漸進有因有果的。這些流言是貼膚貼肉的，不是故紙堆那樣冷淡刻板的，雖然謬誤百出，但謬誤也是可感可知的謬誤。

盛開的城市

燈光是城市的植被。看那廣場上，一骨朵，一骨朵的，盛開的鮮花，橫一條，豎一條的阡陌，還有水裡面的，亮閃閃的藤蔓和藻類，在空中蒸發出霧氣，晶瑩瑩的。全因爲有了燈光，這城市就生態好，只要看那一重重，一幢幢，滿滿盈盈，密不透風，就知道這光有著如何豐富和旺盛的能量。它們在城市的上空聚斂和散發，播種著光的果實。這果實豐碩而且多樣，有一種是顆粒的狀態，它勻均地充滿在空間裡。它特別細微，肉眼幾乎看不見，可它其實非常飽滿，沒一顆癟籽。它們是植物中莊稼糧食的那種性質，比如麥子，是基礎的物質。它們打上微明的底色，使冥滅在夜晚中的城市重又凸起輪廓。然後，絢麗的手筆來了。這來自於另一類果實，一些外形更爲蓬勃、茂盛、碩大的，類似熱帶雨林。它們表面上更富於裝飾的效果，內裡卻並不止這些，它們改變了原始的功能的性質，使城市不僅是提供人群集聚的場所，而且，更是創造力的輝煌所在。再有一些奇珍異果，它們東栽一點，西栽一點，看起來像是缺乏規劃，帶著些隨心所欲，但卻是人性的流露。它們從強勁的整塊的集體創造力中間，掙出一點雜蕪的個性。它們往往是在不起眼的，植被略爲疏闊的背角裡，它們起的作用，是湮染的作用，它們模糊了植物的區域的邊緣，將這一片和那一片，這一條和那一條，連接起來，最終成爲一個整體。等到太陽走進地球的背面，夜幕降臨，好比一聲號令，城市的田野陡地盛開。

上海影像

我看這本攝影畫冊，看到的是戲劇性的那面。堅硬的果斷的鋼筋水泥線條，有著銳利的角度，或者特別流暢的流線型弧度，呈現出現代建築材料的精密準確的特質。這些建築材料均有著光滑平整的面，折射出冷靜的光芒。所有的外形一無二致是乾淨的，齊整的，重力平衡，經過細密合理的計算。在這圖案式的線和面之間，是柔軟的，有彈性的，不規則的人臉和人體。我說的戲劇性就發生於此。

在這抽象的背景之下，那些寫實的細節就變得分外感性，它們感性到有些起膩的地步。因是含著肉質的光和影的對比，有些模棱兩可，邊緣含糊，甚至黏滯的顆粒。它們和這個幾何的背景形成了奇異的關係。這當然談不上是協調，可也不是衝突，不是那種敵對性的，沒有那麼強烈和擴張。而是，而是有些變形。就是說，它們兩不相干，各成一體，誰也不犯誰。也就是說，它們漠然處之，彼此視而無睹，卻相安無事。看上去，就含著些譏誚，似乎是喜劇的效果，但不盡是好笑，還有著些戚容：窘迫，不自在，無處安身。這是一幕惶然的景象。

這種奇特關係中，最爲典型的是那些外省人的影像，他們的形狀更加不規則，更加自由，也就更爲自成格局，顯示出他們來自一個較爲封閉的空間。他們臉上的光和影比較細碎和密集，類似中國畫裡的皴法，這在線條簡潔流利的背景之前，有一種局外的隔膜的印象。他們的臉型帶著自然的狀況，室外的光線，勞作的生活造成的肌肉與皮膚的運動路線，在面部形成某個部分的發達，以及某個部分的疲損，這是自然的可感的運動痕跡。他們的軀體也是這樣，是勞作的生活造成的彎曲和伸展的角度，這種角度帶有著外省的閒散和無拘無束的空氣。在這格式化了的環境裡，變形的效果越發尖銳了。

尤爲戲劇性的是在一些外省人鬆弛、遲鈍、不修邊幅的背影中間，很突兀地轉過來一張正面的女性的臉。這張臉上的光影是勻整、光潔，邊緣分明的，在某種程度上，也是格式化的，就與幾何形的背景相符。這張臉是由室內的非體力的勞動，現代化妝技法，消費的時尚潮流，一同造就的。它是模糊或者更甚一步地取消了細節，帶有概括的傾向。所以，它與現代城市建築是一脈相承的。它們都是簡化和提煉的性質。看上去，它就像城市的一景，非常貼合。倘若沒有前景裡的外省人的背影作梗，那麼畫面就協調了。

但在另一幅照片裡，關係簡單了，便達到了協調。就是在石砌的建築前的半身女像。她的黑衣黑髮加強了影調的對比程度，背後的石砌建築面上的光影從淺漸漸向她的深黑過渡，她臉上的光影也是朝著這一個方向過渡。建築的線條是經過人工的刻劃，與她臉上顯著的唇線、眼線、鼻影線，還有襯了墊肩的外套的略微誇張的輪廓，合上了節拍。這是一幅形式最爲一致的影像，首尾呼應，但戲劇性卻削弱了。不過作爲一本攝影畫冊來說，這一幅照片也是需要的，它可作爲一個標誌，標誌著這個現代城市的，至少是外部的格式化形態。

但我們也不要因此就以爲這樣的女性的臉是完全抽象的影像，在另一些場景裡，它也呈現出感性的一面，戲劇性重又回來了。那裡的背景是深色的，上面有一些明暗的有秩序的起伏，看起來像是一幅畫，在此則是舞臺上的佈景的效果。畫的底邊有一道銳利的光線，光線底下又有一塊光，照亮了前面的一片桌面，桌面上的一些玻璃和瓷的器皿，以及器皿裡的液體，在這些光源之下不同程度地明暗著，這就又添了一成舞臺的效果。舞臺是一種不眞實的自給自足的環境，它暗示著非日常的事件的發生。於是，前臺的兩張女性的臉，就都被賦予了某種涵義。這都是亞洲人的寬闊的平坦的臉，光和影都是平面的，對比很少，所以，那種歐式的大筆觸的化妝，就格外的觸目。所有的部分都經過極力的誇張，可是終也拗不過大局，反使得寬闊的面因爲缺乏細節顯得更爲寬闊，並且表情呆板。這裡含著一股疲憊，不是外省人的勞作與生產的疲憊，而是消費性質的，揮霍過度的意思。你看那平臉上的光，一點不像在桌面上的器皿中間那麼活躍和光彩，而是滯留的，乾涸的，沒有聲色。就是這呆板，因走出了格式，而變得生動，呈現出戲劇的性質。

還有更戲劇性的，就是更進一步地將那些格式化的人臉和人體推到極端，將它們參加到環境的部分裡去，這時候，它們就成了櫥窗裡的模特兒和廣告上的圖畫，或是街頭雕塑。大幅的，撐滿整個背景的廣告上的男女圖像，平面地受著光，黑是黑，白是白，過渡的暗影也是約略的，大致的深淺，是水粉的效果。廣告板的接縫處又像是摹畫時打的格子，使畫面更爲工整。廣告之下，走的那一個老人，臉和身體上的光線卻是細膩的。雖然因爲一身黑衣，頂上的髮和胸襟露出的內衣及手中的提袋均是白色，筆觸很簡練，有著格式活化的趨勢，可在另一方面，這簡練卻更突出人臉和人體的生動、飽滿。在此，光和影流露出寫實的情調，連路面上的裂縫，車胎的印痕都是具體可感的。但兩個花壇又是圖案形的，限制了寫實風格的蔓延。就這樣，寫實與格式互相修正著，形成微妙的間隙。

寫實的筆調在這樣的人體上表達得最爲充分，這樣的人體就是這現代城市的居民的人體。他們不是如同外省人那麼具有特色，因而具有變形的戲劇效果，他們在這城市裡生活了很久，無論這城市變到哪裡，他們都可做到處驚不變。所以，他們的臉部和軀體都有著一種自我的約束，比較均衡，也就比較沉著了。他們特別具備寫實的特徵，因爲日常化，於是，他們就與那格式化的建築背景構成了又一種意義上的奇特關係，那是比較對稱的，就是具體和抽象的關係。

像那個城市雕塑旁邊的老人，他穿著冬裝，衣領很繁複的重疊著，每一部分都表現得恰如其分，光在他的絨線帽和細格外套上老實地描畫著，一點不雕琢，是樸素的寫實風。在他身邊的打電話女郎的銅塑，因其金屬的光滑堅硬的質地，光和影便過於流暢地流淌著，又由於金屬的不吃光，折射出反光。兩具人體就是這樣形成對比。而身後是這城市的日常情景，這日情景也包含有兩種因素，一是幾何形的建築和街道，一是變化多端的人體，兩者本來融合在一起，但是被前景中的兩具人體分離了。

櫥窗裡的模特兒是有些本末倒置的用意，它將人體格式化，而周圍的物體則作感性的表現。模特兒是抽象化的人體，而身上俗麗的、裝飾繁瑣的時裝，卻是具體化的。更具體化的是櫥窗的外牆：剝落的牆磚，舊損的水管，垂掛的電線，破裂的地面，都在軟化著那個抽象的格式。

還有著稍許堅決些的，近於對峙的關係，那就是高架橋下的老房子。在高架橋粗獷、簡直、強勁的線條下，是老房子委婉曲折細碎的線條。而之後，又是新式住宅略廓的，枯乏的、單調的線條。在這些垂直、橫貫，或者流利的弧線形成的類似建築藍圖的畫面中間，還有著那幾處工筆畫的筆觸，尤其是屋頂上的細密的屋瓦，小巧的天窗，形狀複雜的屋牆門楣，光線在這裡顯得精緻、纏綿、綽約。可惜這點小小的反抗的聲音，終不成氣候，終被掩埋在那些粗暴、有力、決斷、洪流般的線條之中。我看到的便是這個——一部發展中的城市的戲劇。由於瑞士人的寧靜性格，這部戲劇便被表現得溫和，委婉，適度，它透露出這個民族對歷史的容忍和耐心的善意。

世俗的張愛玲

對於我們這些與張愛玲交臂而過的人，就只能從她留下的文章去認識她。在散文裡，她顯得清晰和直接一些，小說則要隱晦與曲折一些。而說到底，認識張愛玲，是爲了認識她的小說，因爲於我們來說，惟有小說，才是張愛玲的意義。所以，認識的結果就是，將張愛玲從小說中攫出來，然後再還給小說。

先看張愛玲的散文。我在其中看見的，是一個世俗的張愛玲。她對日常生活，並且是現時日常生活的細節，懷著一股熱切的喜好。在《公寓生活記趣》裡，她說：「我喜歡聽市聲。」城市中，擠挨著的人和事，她都非常留意。開電梯的工人，在後天井生個小風爐燒東西吃；聽壁腳的僕人，將人家電話裡的對話譯成西文傳給小東家聽；誰家煨牛肉湯的氣味。這樣熱騰騰的人氣，是她喜歡的。在另一篇散文《道路以目》裡，她寫的街景，也是人間冷暖的：煮南瓜的氣味與那種明亮的橘紅，給她「暖老溫貧」的感情：寒天早晨，有人在人行道上生小火爐，嗆人得很，可是，「我喜歡在那個煙裡走過」；一個綠衣郵差騎車載了他的老母親，使她感動；有人在自行車輪上裝著一盞小紅燈——在我們的時代，已經看不見了。小時候，有人在車輪上繫彩色的絨線，大約是一樣的意思——她認眞地觀賞著，贊道：「流麗之極。」在《談畫》中，她看塞尙的《抱著基督屍身的聖母像》，大感驚訝的是，「聖母是最普通的婦人，清貧，論什計値地做點縫紉工作，灰了心，灰了頭髮」，並且注意到，聖母並不是抱著基督，而是，「背過身去正在忙著一些什麼」，抱著基督的則是「另一個屠夫樣的壯大男子」。而基督呢?沒有使她聯想起世間的任何一個人,「他所有的只是圖案美」,於是,他就錯過了她的興趣。她喜歡的就是這樣一種熟稔的,與她共時態,有貼膚之感的生活細節。這種細節裡有著結實的生計,和一些放低了期望的興致。

張愛玲對世俗生活的興趣與蘇青不同。胡蘭成對寧波人蘇青的評價很對,他說寧波人過日子多是興興頭頭的,但是缺少回味,是眞正入世的興致。張愛玲卻不是,她對現實生活的愛好是出於對人生的恐懼,她對世界的看法是虛無的。在《公寓生活記趣》裡,她饒有興味地描述了一系列日常景致,忽然總結了一句:「長的是磨難,短的是人生。」於是,這短促的人生,不如將它安在短視的快樂裡,掐頭去尾,因頭尾兩段是與「長的磨難」接在一起的。只看著鼻子底下的一點享受,做人才有了信心。以此來看,張愛玲在領略虛無的人生的同時,她又是富於感官,享樂主義的,這便解救了她。《道路以目》裡,她寫她上街買菜,遇到封鎖,只得停留在封鎖線以外的街道上。有一個女傭想衝過防線,叫道:「不早了呀!放我回去燒飯吧!」然後,「衆人全都哈哈笑了」。這是合乎張愛玲人生觀的地方,大難臨頭,回家燒飯的鐘點卻一絲不苟。在那無意識的女傭,是一種積極,但在張愛玲,卻是消極。因她是要比女傭了解「封鎖」的涵義,了解這個時世裡的災難。她卻又不是一個現實主義者,能夠就事論事地面對現實。她並不去追究事實的具體原因,只是籠統地以爲,人生終是一場不幸,沒有理由地一徑走著下坡路,個人是無所作爲的。像她在《更衣記》的末尾寫的，一個小孩子，在收了攤的小菜場，滿地的垃圾裡面，騎了自行車，撒開把手，很靈活地掠過了。於是，她寫道：「人生最可愛的當兒便在那一撒手吧？」就是在這輕盈地一掠之中，有了小小的冒險，終卻是安全的，便小小地得意著。就是這麼一點雕蟲小技的手腕。張愛玲喜歡歸喜歡，其實又是不相信它們的意義的，否則，她就是寧波人蘇青了。否則，她就不會如此貪饞地抓住生活中的可觸可感。她在千古之遙，屍骨無存的長生殿裡，都要找尋出人間的觸手可及的溫涼。在《我看蘇青》裡，寫楊貴妃和唐明皇鬧氣，逐回娘家，「簡直是『本埠新聞』裡的故事」。她不喜歡小提琴，因爲太抽象，而胡琴的聲音卻貼實得多，「遠兜遠轉，依然回到人間」。

這是散文中，由自己直接告白出的張愛玲，在小說裡，張愛玲就隱到了幕後。大約僅有一次，沒藏好，顯現出了眞身。是在《傾城之戀》裡，白流蘇剛到香港，與范柳原的關係處於膠著，暗底裡使著勁。他們在淺水灣飯店分住兩個客房，晚上范柳原將電話打進白流蘇的房內，向她念起《詩經》：「死生契闊，與子相悅，執之之手，與子偕老」，底下還附有一大篇解釋。卻像張愛玲在說話，而不是范柳原。在張愛玲的小說裡，是少有如此自覺到人生的蒼茫，並且有詩情的人物，張愛玲從不曾將自己放進小說中，扮演一個角色。因連她本身都是虛無的，不適合作世俗的小說的材料和對象。在她的小說裡扮演角色的，多是些俗世裡的人——市民。最具世俗的特徵的，怕就是上海了。香港也有一些，但比較誇張，更像是俗世的舞臺，是戲劇化的俗世。《沉香屑．第一爐香》與《沉香屑．第二爐香》，這兩則故事就要奇異一些。而發生在上海的故事，則更具有俗世的情調。

《花凋》裡那家的女兒們，我以爲是再眞切不過的上海小姐。父親是個輕佻不盡責的人，大約是像《金鎖記》裡的三少爺，妻子卻不如三少奶的賢慧，無能且又無味。我以爲，《紅玫瑰與白玫瑰》裡的白玫瑰，煙鸝，老了以後，就是她。女兒們曉得誰也靠不上，只有靠自己，到社會上汲取養料，掙一份好生活。張愛玲寫道：「小姐們穿不起絲質的新式襯衫，布褂子又嫌累贅，索性穿一件空心的棉袍夾袍，幾個月之後，脫下來塞在箱子裡，第二年生了黴，另做新的。」摩登裡面粗陋的，潑辣的芯子，經得起折騰。姊妹多，也成了一個小社會，互相傾軋著，有些弱肉強食的意思。像川嫦這樣老實，柔弱，帶幾分情致，命運就不濟了。她生的是癆病，這也有著些哀婉的情致，可這情致卻被病期的拖延，一點一點侵蝕掉了。學醫的未婚夫自然早知結局，但算得上有耐心了，兩年後才另有了人。然後，家裡連買藥的錢也計較起來，每日吃兩個蘋果成了家人的說嘴。最後，她想來個多情的了結，自殺，卻買不來安眠藥。她只得坐著黃包車兜一轉，吃一頓西餐，看一場電影。這大約就是一個上海小姐閒暇中的全部樂趣，她要最後地享一享。這是相當感傷的一幕，可這感傷卻被病期的拖遝又腐蝕了。川嫦還又做了兩雙繡花鞋、一雙皮鞋，用一隻腳試了鞋，還想著長遠：「這種皮看上去倒很牢，總可以穿兩三年。」三周之後，她方才謝世。這就是俗世裡的人了，死都逼在眼前了，這世界早已經放棄她了，她卻還愚頑地留意著一些小事，不自量力地掙一掙。

張愛玲小說裡的人，真是很俗氣的，傅雷曾批評其「惡俗」，並不言過。就像方才說的，她其實也是不相信這些俗事有著多大的救贖的意義，所以便帶了刻薄的譏誚。而她又不自主地要在可觸可摸的俗事中藏身，於是，她的眼界就只能這樣的窄逼。《留情》裡，米先生、敦鳳、楊太太麻將桌上的一夥，可不是很無聊？《琉璃瓦》中的那一群小姐，也是無聊。《鴻鸞禧》呢，倘不是玉清告別閨閣的那一點急切與不甘交織起來的悵惘，通篇也盡是無聊的。在這裡，反過來，是張愛玲的虛無挽救了俗世的庸碌之風，使這些無聊的人生有了一個蒼涼的大背景。這些自私又盲目的蠢蠢欲動，就有了接近悲劇的嚴肅性質。比如，《金鎖記》裡的曹七巧，始終在作著她醜陋而強悍的爭取，手段是低下的，心底極其陰暗，所爭取的那一點目標亦是卑瑣的。當她的爭取日益陷於無望，她便對這個世界起了報復之心。然而，她的世界是狹小的，僅只是她的親人。於是，被她施加報復的，便是她的親人了。在她扼殺自己的希望的同時，也扼殺了她周遭的人的希望。生活就這樣沉入黑暗，這黑暗是如此深入，以至粗鄙的曹七巧也泛起了些許感時傷懷的情緒，想到她抗爭的不果與不值：她要是選中了與她同一階層的粗作的男子，「往後日子久了，生了孩子，男人多少對她有點眞心。」可是，在張愛玲的筆下，這也已是三十年前的舊事了，連曹七巧的懊悔都已經死去了。如曹七巧這般積極的人生，最終又留下什麼呢？逝者如斯，虛無覆蓋了所有的欲望。而張愛玲對世俗生活的愛好，爲這蒼茫的人生觀作了具體、寫實、生動的注腳，這一聲哀歎便有了因果，有了頭尾，有了故事，有了人形。於是，在此，張愛玲的虛無與務實，互爲關照，契合，援手，造就了她的最好的小說。

《傾城之戀》也是她最好的小說之一。白流蘇和范柳原這一對現實的男女，被命運擲骰子般地擲到了一起，做成了夫妻。這是張愛玲故事裡，少有的圓滿結局。如文中所說：「到處都是傳奇，可不見得有這麼圓滿的收場。」可那也是不可琢磨的，湊巧了的，世界依然，甚至更加不可理喻。人生，還是蒼茫的。在此，張愛玲也爲這蒼茫作了合情合理的注腳。白流蘇和范柳原在各自的利欲推動下，迂迴著，探索著，欲擒故縱著，卻不料世事大變，生存之計爲上，忽才珍惜起眼面前的一點慰藉，它給人一種盲目的安全感。在這裡，張愛玲是與她的人物走得最近的一次，這故事還是包含她人生觀最全部的一個，這含有對虛無的人生略作妥協的姿態，是貼合張愛玲的思想的。就因走得太近，露了眞身，人物略有些跑題，就像前邊說過的，在月夜裡，范柳原的喟歎。多虧白流蘇說了句「我不懂這些」，才將事情又拉回了情景。

就這樣，張愛玲的世俗氣是在那虛無的照耀之下，變得藝術了。她寫蘇青，寫到想與蘇青談「身世之感」，便想像蘇青的眼神是：「簡直不知道你在說些什麼！大概是藝術吧？」

蘇青是不「藝術」的，她的世俗後面沒有背景。在此，可見得，張愛玲的人生觀是走在了兩個極端之上，一頭是現時現刻中的具體可感，另一頭則是人生奈何的虛無。在此之間，其實還有著漫長的過程，就是現實的理想與爭取。而張愛玲就如那騎車在菜場髒地上的小孩，「放鬆了扶手，搖擺著，輕倩地掠過」。這一「掠過」，自然是輕鬆的了。當她略一眺望到人生的虛無，便回縮到俗世之中，而終於放過了人生的更寬闊和深厚的蘊含。從俗世的細緻描繪，直接跳入一個蒼茫的結論，到底是簡單了。於是，很容易地，又回落到了低俗無聊之中。所以，我更加尊敬現實主義的魯迅，因他是從現實的步驟上，結結實實地走來，所以，他就有了走向虛無的立足點，也有了勇敢。就如那個「過客」，一直向前走，並不知道要到哪裡去，並不知道前邊是什麼。孩子說是鮮花，老人說是墳墓，可他依然要向前去看個明白，帶著孩子給他裹傷的布片，人世的好意，走向不知名的前面。

（本文係作者在香港「張愛玲與現代中文文學」國際研討會上的發言）

我看蘇青

想到這個題目是因爲讀到一篇文章，金性堯老先生在《憶蘇青》。文中有一節，是寫五十年代，金性堯老與蘇青所見最後一面，「她穿著一套女式的人民裝」。這套服裝確是出人意外，總覺著五十年代的上海，哪怕只剩下一個旗袍裝，也應當是蘇青。因爲什麼？因爲她是張愛玲的朋友。

蘇青是在我們對這城市的追憶時刻再次登場的，她是懷舊中的那個舊人。她比張愛玲更遲到一些，有些被張愛玲帶出來的意思。她不來則已，一來便很驚人，她是那麼活生生的，被掩埋這麼多年幾乎不可能。她不像張愛玲，張愛玲與我們隔膜似乎能夠理解，她是爲文學史準備的，她的回來是對文學負責。即便是在文學裡，她被我們容易接受的也只是表面文章：一些生活的細節，再進一步抑或還有些環境的氣息。那弄堂房子裡的起居，夾著些脂粉氣，又夾著油醬氣的，從公寓陽臺上望出去的街景，鬧哄哄，且又有幾分寂寞的；還有女人間的私房話，又交心，又隔肚皮。這些都是「似曾相識燕歸來」，可是，張愛玲卻是遠著的，看不清她的面目，看清了也不是你想看的那一個。張愛玲和她的小說，甚至也和她的散文，都隔著距離，將自己藏得很嚴。我們聽不見張愛玲的聲音，只有七巧，流蘇，阿小，這一系列人物的聲音。只有一次，是在《傾城之戀》裡，張愛玲不愼漏出了一點端倪。是流蘇和范柳原在香港的日子裡，兩人機關算盡，勾心鬥角冷戰時期，有一晚，在淺水灣飯店，隔著房間打電話，范柳原忽念起了詩經上的一首：「死生契闊——與子相悅，執子之手，與子偕老。」我總覺得，讀詩的不是范柳原，而是張愛玲。張愛玲的風情故事，說是在上海的舞臺演出，但這只是個說法，其實，是在那「死生契闊」中。那個時代的上海，確有著「死生契闊」的某種特徵；往事如夢，今事也如夢，未來更如夢。但這是旁觀者所看見的，局中人看到的或是刀光劍影、生死存亡，或就是薔薇薔薇處處開。張愛玲的聲音聽到頭來，便會落空，她滿足不了我們的上海心。因此，張愛玲是須掩起來看的，這還好一些，不至墜入虛無，那些前臺的景致寫的畢竟是「上海」兩個字。

蘇青卻躍然在眼前。她是實實在在的一個，我們好像看得見她似的。即便是她的小說，這種虛構的體裁裡，都可看見她活躍的身影。她給我們一個麻利的印象，舌頭挺尖，看人看事很清楚，敢說敢做又敢當。我們讀她的文章，就好比在聽她發言，幾乎是可以同她對上嘴吵架的。她是上海三十年和四十年的馬路上走著的一個人，去剪衣料、買皮鞋、看牙齒、跑美容院，忙忙碌碌，熱熱鬧鬧。而張愛玲卻是坐在窗前看。我們是可在蘇青身上，試出五十年前上海的涼熱，而張愛玲卻是觸也觸不到的。

可是，我們畢竟只能從故紙堆裡去尋找蘇青。說是只隔了五十年，只因爲這五十年的風雲跌宕，有著驚人的變故，故紙堆也積成了山。許多事無從想象。即便從舊照片上，看見一個眼熟的街角，連那懸鈴木，都是今天這一棵，你依然想不出那時的人和事。蘇青在眼前再活躍，也是褪色的黑白片裡的人物。她的上海話是帶口音的，有些鄉土氣。那樣的上海話講述的故事聽都聽得懂，想卻要想走樣的。所以，當知道蘇青在我們身邊直到八十年代初期，眞是吃驚得很，總覺得她應當離我們遠一些。張愛玲不是遠去了？避開了穿人民裝的時代，成爲一個完整的舊人，雖生猶死。蘇青爲什麼不走？由著時代在她身上劃下分界線，隔離著我們的視線。

蘇青的文字，在那報業興隆的年頭，可說是滄海一粟。在長篇正文的邊角裡，開闢了一個小論壇，談著些穿衣吃飯，待夫育兒，帶有婦女樂園的意思。她快人快語的，倒也不說風月，只說些過日子的實惠，做人的芯子裡的話。那是各朝各代，天南地北地免不了的一些事，連光陰都奈何不了，再是荏苒，日子總是要過的，也總是差不離的。當然，不是鑽石取火的那類追根溯源的日子，而是文明進步以後的，科學這外，再加點人性的好日子。上海的工薪階層，辛勞一日，那晚飯桌上，就最能見那生計，萵筍切成小滾刀塊，那葉子是不能扔的，洗淨切細，鹽揉過再滗去苦汁，調點麻油，又是一道涼菜；那霉乾菜裡的肋條肉是走過油的，煉下的油正好煎一塊老豆腐，兩面黃的，再滴上幾滴辣椒油；青魚的頭和尾燉成一鍋粉皮湯，中間的肚當則留作明日晚上的主菜。蘇青就是和你討論這個的。這種生計不能說是精緻，因它不是那麼雅的，而是有些俗，是精打細算，爲一個銅板也要和魚販子討價還價。有著一些節制的樂趣，一點不揮霍的。它把角角落落裡的樂趣都積攢起來，慢慢地享用，外頭世界的風雲變幻，於它都是抽象的，它只承認那些貼膚可感的。你可以說它偷歡，可它卻是生命力頑強，有著股韌勁，寧屈不死的。這不是培育英雄的生計，是培育芸芸衆生的，是英雄矗立的那個底座。這樣的生計沒什麼詩意，沒什麼可歌可泣的，要去描寫它，也寫不成大篇章，只能是報紙副刊的頭尾占一小塊，連那文字也是用的邊角料似的，是一些碎枝末節。

蘇青是有一顆上海心的，這顆心是很經得住沉浮，很應付得來世事。其實，再想一想，這城市第一批穿女式人民裝的婦女，都是從旗袍裝的歷史走過來，蘇青是她們中間的一個。不能接受的原因只在於，蘇青留給我們文字，使她幡然眼前，而其餘的人，都悄然掩於歷史的背後。所以我們就把蘇青的形象規定了，是舊時的裝束。再說，她又沒有給我們新的文字，好讓我們去揣度新的形象。說起來也是，這城市流失了多少人的經歷和變故，雖說都是上不了歷史書的，只能是街談巷議，可缺了它，有些事就不好解釋，就有了傳奇的色彩，這也就是人們常說的，上海歷史的傳奇性的意思。其實，每一日都是柴米油鹽，勤勤懇懇地過著，沒一點非分之想，猛然間一回頭，卻成了傳奇。上海的傳奇均是這樣的。傳奇中人度的也是平常日月，還需格外地將這日月夯得結實，才可有心力體力演繹變故。別的地方的歷史都是循序漸進的，上海城市的歷史卻好像三級跳那麼過來的，所以必須牢牢地抓住做人的最實處，才不致恍惚若夢。要說蘇青聰敏人一籌的，就在這地方，她腦子清楚，不做夢。蘇青的文章裡，那些識破騙局的人生道理，總是叫人歎服。尤其是關於男人女人的，眞是撕破了溫柔的面紗，一步步進逼，叫人無從辯解。

蘇青不免得罪了兩個下里，男人和女人都要把她當敵人，但畢竟太過激烈，也流露出些言不由衷的意思。她像故意，要把溫情藏起來，好使自己不軟弱。並且，一點鬆懈不得，稍不留意就會被打了伏擊。這就是獨立女性的處境，以攻為守的姿態。內心裡其實還是希望有男人保護的。她與張愛玲對談時，不是提出過標準丈夫的五條要則嗎？尤其是第五條，「年齡應比女方大五歲至十歲」，是希望丈夫如兄長的。只是知道現實不可能，也知道即便可能卻是要付代價的，便採取放棄。她既不要了，就有了權利批評。她要比那些編織美夢迷惑自己的人要硬朗，尖銳，卻也少一些詩意。她是看得穿的，張愛玲也看得穿。張愛玲看穿了的底下是「死生契闊」，茫然之中卻冉冉而起一些詩意，是人的無措無奈因而便無可無為的悲和喜，是低伏了人仰視天地的偉岸而起的悲和喜，是有些悲極而喜的意思。蘇青的看穿卻有些看回來的意思。曉得做人是沒意思的，就挑那些有意思的去做，曉得人是有限的，就在有限的範圍裡周轉，曉得左右他人沒有可能，就左右自己吧！都是認清現實，也都是妥協，張愛玲是絕望的，蘇青卻不肯，不肯也不是強命的不肯，而是直面的，在沒意義中找意義。但她不像冰心，在人世間能找到許多愛的。她的處境比冰心嚴格的多，倒不是說處境不好，而是上海這地方做人的欲望都是裸露的，早已揭去情感的遮掩，有一是一，有二是二，「愛」也不是沒有，而是顯得不實惠。所以，蘇青是不能靠「愛」來安慰，而是需要更實在的東西。因此，她也是不會如丁玲那樣，跑到延安找希望。連延安的希望於她都是渺茫的，她就是實到這樣的地步。只承認她生活的局部給予她的感受，稍遠一些，不是伸手可及的，便不被納入她的現實。像她這樣一個很少浪漫氣的人會做作家，也只有在上海，繁榮的報業成全了她，龐大的市讀者成全了她。

說蘇青目光短淺不錯，她到底還是誠懇的，忠實於一個井底之蛙的見識。那些鋒芒只能氣人，還傷不到人。她對人世談不上有什麼大仇大恩，大悲大喜，只不過是一些負氣和興致，這特別適合用於上海這個地方，用來對付眼前的人和事，最有效果。它占不了多少精神空間，是日常起居的形態。也別小看了它，它不過是從小處著眼，卻是能做出大事業的。上海這地方的高樓和馬路，哪一樁是精神變物質地變出來的？全是一磚一石壘起來的。你一進這城市，就好像入了軌，想升，升不上天，想沉，也沉不到底，你只能隨著它運行。理想和沈淪都是談不上的。有這兩樣的早晚都要走，張愛玲走了，蕭紅也走了。蕭紅的悲和喜都顯得太重了，在這裡有些用不上，那是用於呼蘭河的大開闔的。男性還好些，可到民族危機政治風雲中去開闢精神的天地，建設起他們的大恨和大愛。又是在那樣的年頭，生死存亡，你死我活的。可女性卻是生活在世道的芯子裡，憑的是感性的觸角。說是自私也可以，總之是重視個人的經驗超過理性的思索。上海這地方又是特別能提供私人經驗的，不是人生要義的性質，是一些是非短長，決不是浪漫的蕭紅所要的，卻是正中蘇青的胃口。

倘若能看清蘇青，大約便可認識上海的女性市民。人們只看見上海女市民的摩登，因這摩登是歐美風的，尤以巴黎爲推崇，於是便以爲上海女市民高貴優雅。卻不知道她們的潑辣。張愛玲的小說寫了這潑辣，可小說是小說，總是隔一層。要看蘇青的文章，這潑辣才是可信的。那能言善辯，是能占男人上風的。什麼樣的事她不懂？能瞞過她的眼睛？她厲害，刻薄，卻也不討人厭，這便是骨子裡的世故了，是明事理的表現，也是經事多的表現。面上放開著手腳，無所不往的樣子，心裡卻計算著分寸，小不忍卻不亂大謀。是悉心做人的意思，曉得這世界表面上沒規矩，暗底下卻是有著鋼筋鐵骨的大原則，讓你幾分是客氣，得隴望蜀卻不可。所以她不是革命者，沒有顛覆的野心，是以生計爲重。這是識相和知趣，上海女市民個個都懂的，在她們的潑辣裡藏著的是乖。這乖不是靠識書斷字受教育，是靠女性的本能，還有聰敏和小心。

假如能夠聽見蘇青說話，便會在上海的摩登裡，發現有寧波味，這是上海摩登的底色。於是，那摩登就不由自主地帶了幾分鄉下人的執拗，甚至偏狹。這摩登看久了，能看出一股不服輸的勁頭，一根腸子通到底的。你看那些舊照片上，南京路上如林的招牌店號，密密匝匝，你爭我搶的樣子，天空都擠窄了。底下的人群也是一窩蜂地上，櫥窗裡有什麼，身上就有什麼。都說上海熱鬧，這熱鬧也叫起哄，衆人拾柴火焰高的。看那霓虹燈的顏色，其實是一股子鄉氣。沒有些耿勁，是擠不進摩登的行列。看野史裡面說，當年的江青午夜從片廠出來，遇到劫路的，搶她的錢袋，她死拽住不放，讓打得鼻青臉腫，硬是沒讓得手。女朋友說何必呢，她回答道：上海這地方，沒有錢一步也不行。我說的就是這股子勁。當然，蘇青是要從容些的，因爲她比較伶俐。光靠她留下的文字，很難爲她畫個像，但大約她是那種「鑒貌辨色」的人，挺有人緣的，連孤僻的張愛玲，都與她做朋友。在上海，沒有朋友也是一步不行的。蘇青的任性是表面，屬於魅力部分的，心裡卻很機敏，準備著應變。想當年，她是何其活躍的一個，這活躍裡使著心力，好在她精力旺盛，這也是鄉下人的脾氣，不偷懶，不嬌慣。上海，可不是大小姐的世界。它講的也是男女平等，是對女性收回權利，也收回責任，不是像延安那樣，對女性講照顧。

蘇青的小說《蛾》，是有些「莎菲女士」的意思，雖是淺顯簡單，熱烈和勇敢卻相似的。後來，丁玲去了延安。丁玲是要比蘇青「烏托邦」的，她把個性的要求放大和昇華了。蘇青卻不，她反是要把個性的要求現實化。她過後再沒寫過這樣的，「五四」式激情的小說。《結婚十年》幾乎是紀實性的小說，一點沒有誇張的，如實記敘。理想和犧牲都是言過其實，虛張聲勢，其實又何必呢？飛蛾撲火是太藝術化了，而蘇青即便在文章裡，也不講藝術的。這是她好的一面，就是眞實。蘇青寫文章，憑的不是想像力，而是見解。她的見解不是有個性，而是有脾氣。這脾氣很爽快，不扭捏，不囉嗦，還能自嘲，單刀直入的，很有風格。而像個性，卻不是講風格的，而是講立場，這個，蘇青沒有。《蛾》裡面的那一點，大約也是從俗了。不過，她的文字功夫還是好的，最大的優點是明白，描人畫物，生動活潑，說起理來邏輯清楚，推理直接。帶著些詭辯，你很難辯過她，每一次筆戰，都以她的一篇最後收尾。這是有些寧波風的，俗話不是說：「寧與蘇州人吵架，不和寧波人說話？」上海這地方，要的就是凶。是隨大流裡凶過一點頭，就是超凡出衆。

要找蘇青，其實不難找，那馬路上走著的一群一夥的女子，都是蘇青，蘇青不過是比她們凶一點的。當然，蘇青還會寫文章。懸鈴木的葉子換了多少代了，葉子下的蘇青也是換了裝的。這城市能撐持到現在，那燈說亮就亮，又是漫漫的一街，都是靠蘇青的精神挺過來的。這馬路上趕超先進的摩登，十年走完百年的路，也是靠蘇青那心勁挺過來的。再要看那報端報尾的文章，蘇青和她的論敵又回來了，不過是零碎了一些，散了的神來不及聚起似的。找一個蘇青，來的卻是一大批，偃旗息鼓數十載，此時又凶起來了。

都在說上海的繁華舊夢，夢裡的人知道是誰嗎？說是蘇青你們又不信，她是太不夠佳人倩影了。要說上海舊夢的芯子是實實的一團，也怕你們不信。事情一要成夢，不由就變得輕盈起來，蘇青卻沒有回味的餘地。寧可是張愛玲，也不能是蘇青。因爲張愛玲虛無，而蘇青則實實在在。

想明白了，才覺得蘇青是可以穿那女式人民裝的，金性堯老先生不是說「當時傾國傾城的婦女都是清一色的，要知道在五十年代這便是風靡一時的女式『時裝』了」。蘇青爲什麼不穿？這就是蘇青俐落的地方，要是換了張愛玲，麻煩就大了。其實，旗袍裝和人民裝究竟有什麼區別？底下裡，芯子裡的還不是一樣的衣食飽暖。雪裡蕻還是切細的，梗歸梗，葉歸葉；小火燉著米粥，煉丹似地從朝到夕，米粒兒形散神不散；新下來的春筍是用油醬鹽燜的，下飯甚是可口。這平常心雖是沒有哲學作背景的，卻是靠生活經驗打底，也算得上是千錘百煉。張愛玲也是能領略生活細節的，可那是當作救命稻草的，好把她從虛空中領出來，留住。蘇青卻沒有那麼巨大的虛空感，至多是失望罷了。她的失望都是有具體的人和事，有咎可查，不像張愛玲茫茫然一片，無處抓撓的。蘇青便可將這些生活細節作舟筏，載她渡過苦海。在這城市最暗淡的時日裡，那緊掩著的三層閣窗戶裡，還飄出一絲小壺咖啡的香氣，就是蘇青的那舟筏。

這城市的心氣高，就高在這裡，不是好高騖遠，而是抓得住的決不放過，有一點是一點。說是掙扎也可以，卻不是抵死的，是量力而行。當然，也有亢進和頹唐的，但我講的是中流砥柱。那最大群最大夥的，卻都是務實不務虛。蘇青是其中的一個，算得上精英的。在那個飄搖的孤島上海，她只有將人生看作一件實事，是必要的任務，既然不可逃避，就要負起責來。還有以後的許多飄搖不定，都是憑這個過來的。不談對上帝負責，也不談對民眾負責，只說對自己，倒是更爲切實可行。在這個城市裡做市民，也是要有些烈士的心勁，不是說胸襟遠大，而是說決心堅定，否則就頂不住變故的考驗。蘇青是堅持到底了。作爲一個作家，她是從文壇上退場，默默無聞，連個謝幕儀式都沒有。可作爲一名市民，她卻不失其職，沒有中途退卻。她的被埋沒，其實也在意料之中，時代演變，舊的下場，新的上場。傳奇的上海，又將這替換上演得更爲劇烈，當年的聲色，有多少偃旗息鼓，煙消雲滅。一個蘇青，又有什麼？她不早就說過，在人家的時代裡，只能是寄人籬下？

我想，蘇青即便是穿人民裝，那人民裝也是剪裁可體，並且熨燙平整，底下是好料子的西褲。等那毛料褲磨損得厲害了，蘇青便也上了年紀，到底好將就些。不得大徹大悟，而是沒辦法。沒辦法就沒辦法，牢騷是要發幾句的，苦經也需歎歎，然而，僅此而已。

《蘇青張愛玲對談記》之讀後

這篇對談記於一九三四年二月二十七日，在張愛玲家裡，一個記者對著兩個女人。她們你一言我一語，在話面與話後，有意無意流露出一種做女人的自覺性，讀來十分感慨。心想，大約只有「五四」之後，四九年之前的民國女子，還須在上海這近代城市陶冶多年，才可將做女人的端底研究得這麼透澈。沒有經歷過「五四」的思想和個性的解放運動是不行的；深受「男人女人都一樣」的社會主義性別教育也是不行的，而三十年代的上海是一個歷史和社會的新舞臺，可供女性這一類新角色鍛煉與施展性別的才能。在對談中，這種自覺性，不僅表現在說的方面，還表現在做的方面，她們的那股嫵媚的潑辣和「假癡假呆」，眞可謂冰雪聰敏。那一個記者訪談到後來，便抵不住有點像我們南方人的一句俗話：「七葷八素」，意思是神魂顚倒，但其中還多有一種酒醉飯飽的涵義。蘇青和張愛玲還有區別，蘇青的話比張愛玲多，也更激烈，有焦慮之感。張愛玲的態度要比較平和客觀一些，也能看出做女人的自信心更強一些。

記者先上來的一個問題，就是關於職業婦女的問題。從她倆的回答中可看出，做不做職業婦女已沒有什麼退路了，然而都覺得太苦。蘇青比張愛玲更覺得苦一些，這些苦處總結起來大致有那麼三條：第一，太累，婦女除了做事還得兼顧家務；第二，到社會上做事會受氣，別人不會因爲是婦女而原諒一些；第三，做事以後沒工夫打扮，會失去男人的歡心。這三條聽起來，一條比一條有趣，是暖窩裡孵出來的女權主義，要有男人的相讓與寵愛的保證。談到花錢，她們的理想也很有趣。既要有丈夫的錢支使，又要有自己的錢支使。用自己的錢，是實惠，是自我保護與防範的措施，帶有後路的意思。用丈夫的錢，則是快活，是受寵受呵護的象徵，張愛玲的話，就是「女人的傳統的權利」，是女人即使有了職業，也還捨不得放棄的。總之，做一個現代的女性，有到社會上做事的權利，有生存的保障了，可是，還是做傳統的女人開心啊，還是做有男人疼的女人開心啊！她們還都深感丈夫被別人奪去的威脅，這種威脅集中在一種人身上，就是妓女。張愛玲很氣惱地說：「家庭婦女有些只知道打扮的，跟妓女其實也沒有什麼不同。」蘇青也很氣惱地說：「做妓女眞是取巧的職業，猶如以武力來搶取別人用勞力獲得的財富。」這時，記者也被她倆激動起來，問道：「如何可以消滅這制度呢？」蘇青悲哀地說：「這是很困難的。」接下來，她們就抵達了通篇訪談最爲深刻也最爲微妙的部分，蘇青提出了一個「被屈抑的快樂」。她首先承認男強女弱，陰陽互濟的天然存在，然後提出女人的被屈抑的快樂，再就表現出她對身爲女性的接受與喜歡。她說，男女同去吃飯，假如叫她會鈔，便有「不當我是女人的悲哀」。看來，蘇青的女人做得還是很有滋味的，否則她就會像另一些封建社會的女人那樣深願下世投胎做一個男人了。她提出「被屈抑的快樂」，表現出她其實深諳做女人的樂趣，這是一種舊式的樂趣，這種深諳的能力也是受到一種舊式的訓練。而此種樂趣與領會的能力大約只有在上海這個開放的城市裡，才可被挖掘與被揮發，帶有變舊爲新的改良味道。事情又好像是，她們先從屈抑之下解放出來，爭取到了選擇的權利，可選擇的依然是「被屈抑」。當然，經過選擇的「被屈抑」就是「快樂」的了。問題是選擇的「被屈抑」是不是貨眞價實的「被屈抑」？她們兩人還各自提出一種她們不要的女權。張愛玲不要的是如菲律賓一個島上，一切事情由女人承擔，作主，男人被養活；蘇青不要的是女皇那樣的沒有男人作陪的女權。看到此，她們所提的女權便帶有一種享樂主義的性質，什麼都要按著她們的快活來，而她們的快活又是那麼微妙，也虧她們能這樣細致深入地體察做女人的快樂與不快樂。而這些快與不快說到底又全是以男人的愛與不愛做前提的，將男人對女人的權力和責任提煉成一個「愛」字，便是現代知識女性的作爲了。

她們所想所說顯得那樣有批評有看法，使那記者心生崇拜，樣樣事情都要她倆拿個主意似的，提出種種婚姻家庭的困難求她們解決，她們卻也不推辭。談到離婚後小孩子的歸宿，蘇青便說：「依我說最好由父親出錢，歸母親撫養。假如男的不出錢，不妨就帶他們去做『拖油瓶』，據說范文正公便是做拖油瓶出身，他們的繼父姓朱……」她煞有介事地胡亂扯著，那種任性與嬌憨的樣子一定令人著迷。記者提出早婚的問題，便輪到張愛玲伶牙俐齒地上了：「有些女人，沒有什麼長處，年紀再大些也不會增加她的才能見識的，而且也並不美，不過年輕時候也有她的一種新鮮可愛，那樣的女人還是趕早嫁了的好。」她的刻薄與驕矜也同樣令人著迷。記者便也昏昏沉沉，好像她倆是立法委員一般，問她們家庭制度應當怎樣。蘇青說，小家庭太孤單，婆媳也難相處，最好跟岳父母同居。張愛玲聽了猶如茅塞頓開：「這方法眞好，我從沒有想到，可是聽了實在感到好。」記者不無困惑地說：假如家中只有男孩怎麼辦呢？」蘇青便很有權威地說：「這當然也要看情況來決定。」最後她們說到標準丈夫，蘇青的條件比較具體，有五條，張愛玲決定不要許多理論，只有大概的方針。但兩人共同的一點是男要比女大多一點，蘇青要大五到十歲，張愛玲要十歲以上，因她覺得「女人應當天眞一點，男人應當有經驗一點」。聽起來都像是做夢，惟有這一點是眞實的，那就是女人要永遠長不大，受著男人長輩似的呵護與寵愛，這呵護與寵愛要牢不可失，這便是女性所熱望的權利。

國家圖書館出版品預行編目資料

尋找上海／王安憶著．－－初版，－－臺北縣中
和市：印刻，2002〔民91〕
面；　公分

ISBN 986-80301-4-5(平裝)

855　　　　91006564

作　者	王安憶
發行人	張書銘
責任編輯	陳嬿文
校　對	陳嬿文、黃筱威、張淑芬
出　版	INK印刻出版有限公司 台北縣中和市中正路800號13樓之3 電話：02-22281626 傳真：02-22281598 e-mail：ink.book@msa.hinet.net
法律顧問	現代法律事務所郭惠吉律師
總經銷	成陽出版股份有限公司 訂購電話：02-26688242 訂購傳真：02-26688743
郵政劃撥	19000691　成陽出版股份有限公司
印　刷	海王印刷事業股份有限公司
出版日期	2002年5月初版一刷 2002年5月初版五刷
定　價	220元

ISBN　986-80301-4-5

尋找上海

讀者服務卡

姓名：＿＿＿＿＿＿＿＿

性別：□男　□女

生日：＿＿＿＿年＿＿＿＿月＿＿＿＿日

學歷：□國中　□高中　□大專　□研究所（含以上）

職業：□軍　□公　□教育　□商　□農

□服務業　□自由業　□學生　□家管

□製造業　□銷售員　□資訊業　□大眾傳播

□醫藥業　□交通業　□貿易業　□其他＿＿＿＿＿＿＿＿

郵遞區號：＿＿＿＿＿＿

地址：＿＿＿＿＿＿＿＿＿＿＿＿＿＿＿＿＿＿＿＿

電話：（日）＿＿＿＿＿＿＿＿（夜）＿＿＿＿＿＿＿＿

傳真：＿＿＿＿＿＿＿＿＿＿

e-mail：＿＿＿＿＿＿＿＿＿＿＿＿＿＿＿＿＿＿＿＿

購買的日期：＿＿＿＿年＿＿＿＿月＿＿＿＿日

購書地點：□書店　□書展　□書報攤　□郵購　□直銷　□贈閱　□其他

您從那裡得知本書：□書店　□報紙廣告　□報紙專欄　□雜誌廣告

□親友介紹　□DM廣告傳單　□廣播　□其他

您對於本書建議：

感謝您的惠顧，為了提供更好的服務，請填妥各欄資料，將讀者服務卡剪下直接寄回或傳真本社，我們將隨時提供最新的出版、活動等相關訊息。

讀者服務專線：（02）2228-1626

讀者傳真專線：（02）2228-1598

請填妥後對折裝訂，直接投郵即可，免貼郵票。

廣	告	回	函
台灣北區郵政			
管理局登記證			
北臺字第10441號			

236
台北縣土城市永豐路195巷9號

印刻出版有限公司　收

讀者服務部

INK PUBLISHING

95.6.16
$220.-
25
成陽